De Ranger:
Een Westerse Roman

Richard G. Hole

Far West 3

KORTE INHOUD

El Paso was de ideale stad voor veel vreemde dingen vanwege de nabijheid van de Mexicaanse grens, waar ze volgens de traditie de ongewenste wapens voor de revolutionaire guerrilla's en vee stuurden om deze guerrilla's te voeden.

Het smokkelen van wapens en vee over de grens werd zeer gewaardeerd door de vijanden van keizer Maximiliaan, opgelegd door de Fransen op de troon van Mexico en wilden omverwerpen door de aanhangers van Juarez, en het benodigde geld deed er niet toe als het ging om het verstrekken van de meest noodzakelijke elementen om de revolutie en de strijd levend te houden.

De Ranger is een verhaal dat behoort tot de Far West-collectie, een verzameling romans ontwikkeld in het Amerikaanse Wilde Westen.

DE RANGER

Hoofdstuk I

BOERDERIJ ROEPING

Harry Parker vond aan het einde van de burgeroorlog een glimmend rijbewijs op zak, een paar welverdiende medailles, drie littekens verborgen onder de versleten krijger, een sergeant-insigne die geen waarde meer had, en ongeveer vijftig dollar voor kapitaal. Al deze getuigenissen van een zeer glorieus en emotioneel verleden, maar niets waardevols voor een zeer onzekere toekomst.

Omdat de oorlog verschillende staten losgeslagen had, waaronder Texas, dat weliswaar geografisch gezien geen pijnlijke littekens opliep als het beschuldigd werd van de chaos en de desorganisatie van het dagelijks leven.

Veel boerderijen waren verdwenen, andere werden als vervallen achtergelaten, het vee raakte op of verspreidde zich zonder dat iemand voor hen zorgde vanwege het gebrek aan mannen die vastzaten in het conflict en alsof dit nog niet genoeg was, banditisme, plunderacties, de partijen van de zielloos verenigd in bendes om een grotere agressiemacht te bezitten, domineerden ze bijna de hele immense staat.

Harry dacht aan zijn toekomst. Het logische was om terug te gaan naar zijn eigen ding, naar het paard en het touw, om een ranch te zoeken waar hij zich kon vestigen om een door de oorlog onderbroken leven van werk te hervatten, maar dit, afgezien van het feit dat het niet gemakkelijk op het moment, leek hem niet helemaal te behagen, nu hij zijn levensloop had veranderd en van een vreedzame cowboy was hij een formidabele vechter geworden.

Zonder te weten waarom, had hij het vechten leuk gevonden, hij werd verleid door de gevaarlijke emotie van het gevecht, de onzekerheid over wat er zou kunnen gebeuren, de opwinding die werd veroorzaakt door te weten dat er een nabije vijand was met wie hij moest strijden en zijn verstand. , beheers je zenuwen en verscherp je doel om te overwinnen. Dit alles was als een giftig virus in zijn jonge bloed terechtgekomen en hij kwam in opstand om het op te geven om zich weer in het eentonige en vulgaire leven van de weilanden te storten.

Maar de oorlog was voorbij en die emotie was voorbehouden aan degenen die buiten de wet stonden. Alleen zij konden het gevaar het hoofd blijven bieden, maar op een anonieme, sluipende manier, zonder een nobel doel en met de onthulling niet te sterven in een juridisch gevecht in het zonlicht, maar hangend aan een touw.

En dit was niet waar hij naar verlangde. Hij was eervol geboren, hij had gevochten onder het teken van een eervolle vlag en hij kon die na de oorlog niet te schande maken. Hij was niet geboren als veediever of rover, en hij kon zich niet op de paden werpen die hij fel verwierp.

Maar in plaats daarvan geloofde hij dat hij was geboren voor iets edelers na zijn pijnlijke oorlogservaring. De man die tijdens de oorlog zoveel moed, durf en moed had beproefd, was gehard voor gevaar en zou heel goed een uitstekende boswachter kunnen zijn, veel meer, op die momenten dat de explosie van banditisme een toename van kracht in het veld vereiste. Korpsen om recht en orde te kunnen opleggen en de roofzuchtige horden uit de weiden en bergen te vegen die de toestand van de staat nog pijnlijker en ernstiger dreigden te maken.

Dit beviel hem wel, het zou een voortzetting zijn van wat hij zojuist had achtergelaten, zij het in een andere volgorde. Een open gevecht zonder kwartier met een meer verachtelijke vijand, omdat ze niet min of meer ten onrechte voor een zaak en onder de vlag van een vlag streden, maar ze doodden voor egoïsme, winst en het verlangen om te doden.

Een boswachter zijn was al zijn illusie. Aan het einde van zijn zesentwintig jaar meende hij dat hij nu zijn ware roeping had ontdekt en zijn verlangen maakte het de gouden droom van de toekomst, maar hij zag niet erg duidelijk de mogelijkheid om tot het korps te worden toegelaten.

Op die momenten dat het confucianisme regeerde en niemand precies wist wie wie was, handelden de commandanten van het beroemde en dappere korps met enorme voorzichtigheid. Ze hadden rangers nodig, maar ze zorgden ervoor niet meer toe te laten dan mannen met een solide morele garantie, want als ze niet met deze voorzichtigheid handelden, zouden ze luie, dronken, ongewenste mensen in hun gelederen brengen die onder het dekmantel van het glorieuze grijze uniform van elke divisie niet alleen haar onberispelijke staat van dienst kon onteren, maar er ook het gif van vele verwoestende dingen in zaaien.

En hij was een volslagen vreemde die geen solide goedkeuring had om bij een aanvraag in te dienen. Hij wist dat het tijdverspilling zou zijn om het te proberen en hij was hier niet om het te verspillen, nu zijn financiële situatie precair was. Hij zou zo'n mooie droom moeten opgeven en door de prairie moeten dwalen op zoek naar een mogelijke ranch waar hij de lasso weer gedwee zou kunnen hanteren, hoewel hij het niet gemakkelijk vond.

De ochtend dat hij zijn oude regiment zou verlaten om weg te komen uit de oorlogsomgeving, zocht hij voor vertrek naar zijn kapitein om afscheid van hem te nemen.

De kapitein was een dappere man. Hij was bijna op hetzelfde slagveld van luitenant opgestaan en Harry vocht naast hem in vele acties, als een van zijn meest vertrouwde mannen. Toen hij zich aanbood om afscheid te nemen, vroeg de kapitein:

'Nou jongen, dit is voorbij. Waar ga je heen en wat ga je nu doen?

'Dat vroeg ik, mijn kapitein, mezelf af. Volgens mijn nieuws zijn de dingen niet erg duidelijk in Texas en het lijkt erop dat de hele kwestie van vee een puinhoop is die tijd zal vergen om op te lossen. Ik weet niet of ik weer zal vinden waar ik moet handelen, of dat ik naar Californië of Arizona zal moeten verhuizen, waar de zaken een beetje meer op orde zullen zijn. Het zou mij een genoegen zijn geweest om een plaats bij de rangers aan te vragen nu er nog veel meer nodig zullen zijn om de wet te garanderen, maar ik weet dat dit erg moeilijk is omdat er veel expungement is onder kandidaten en alleen degenen die die een goede aantekening kunnen voorleggen, worden toegelaten. Je zult me vertellen dat mijn staat van dienst al een solide garantie is, maar ik denk niet dat het de moeite waard is, want er zijn jongens die de oorlog hen instinctief dwong om dapper te zijn en nu zal die moed heel slecht worden gebruikt.

De kapitein staarde hem aan en vroeg:

'Zou je echt bij de rangers willen komen?

'Natuurlijk wel, mijn kapitein; Het is mijn gouden droom. Ik denk dat nu ik de angst heb overwonnen, dat ik heb geschoten, dat ik in de omgeving ben en ik niet veel belang hecht aan gevaar omdat ik het vaak heb leren temmen, ik een goede rol zou kunnen spelen in het korps. Ik ben jong, ik ben gezond, ik ben geen lafaard en ik heb een groot uithoudingsvermogen. Als ik aan deze voorwaarden een morele garantie zou kunnen geven, denk ik dat ik zou worden toegelaten en als dat zo was, weet ik zeker dat ze er geen spijt van zouden hebben dat ze me tot een afdeling zouden hebben toegelaten.

De kapitein antwoordde glimlachend:

Denk er eens over na, jongen. Je hebt de dood vaak bedrogen, waarom zou je hem onnodig blijven tarten?

"Ik weet het niet, het zal zijn omdat ik haar voor de gek heb gehouden en ik ben niet bang voor haar.

'In dat geval zal ik proberen je te helpen. De kapitein van Divisie K die zijn missie heeft in "El Paso" is een vriend van mij; Als je je lichaam niet hebt veranderd en je bent er nog steeds, dan hoop ik dat je voor me zorgt, want je kent me goed en je weet dat ik een rotte appel niet zou aanraden. Ik geef je een brief voor hem en je stelt jezelf voor. Dan antwoord ik niet meer dat het alle effect heeft dat je voor ogen hebt, maar meer kan ik niet doen.

'En het is te veel, mijn kapitein,' bevestigde Harry enthousiast. Als zijn vriend en hem kennende, weet je zeker dat hij je niet meer bedriegt ... want ik heb geluk dat ik meteen wordt toegelaten. Het zou iets zijn waar geen van beiden van droomde.

'Nou, maak je spullen klaar en ga terug voor de brief.

Harry, gek van vreugde, pakte zijn oude koffertje met de kleren en kleinigheden die erin zaten en even later presenteerde hij zich weer aan de kapitein. Een vreemde koorts domineerde hem en toen hij zijn ogen sloot terwijl hij over de toekomst nadacht, zag hij zichzelf te paard, gekleed in het eervolle uniform van de kloppers en door het landschap de bendes van rovers en moordenaars achtervolgen die hun verderfelijke activiteiten in het Zuiden en westen. uit Texel.

De kapitein had de brief al geschreven. Het was kort, maar expressief en zeer complimenteus, zozeer zelfs dat de jongen bloosde toen hij las wat er stond over haar moed, haar loyaliteit en haar moraliteit.

Alsjeblieft. Ik ben ervan overtuigd dat als de kans bestaat dat je wordt toegelaten, je welkom bent.

'Heel erg bedankt, mijn kapitein. Als dat zo is, maakt u mij de gelukkigste man op aarde.

"Of de meest ongelukkige, Harry. Je weet nog steeds niet wat het harde leven van de rangers is en de gevaren die ze lopen. Ze verdienen buitensporig wat ze vragen en voor hen is er geen ander leven dan mobiliteit, vervolging, gevaar, lijden kou, sneeuw, modder, water, zon, vermoeidheid, ontberingen en gevaren. Veel succes en ga zo ver in dat uniform als je in dit uniform bent gekomen.

"Dank je. Ik zal proberen hem op de plaats te laten die hij verdient.

En de brief wegbergend, nam ze met een emotionele handdruk afscheid van hem.

Harry vond zijn weg naar "El Paso" met de snelste middelen die hij kon vinden, en dat waren er niet veel, omdat de transporten zo onsamenhangend waren als het leven in de natie en op een dag, na een lange en zeer zware reis, zou hij aankomen in de stadsgrens en woede met een hart dat overloopt van enthousiasme, maar tegelijkertijd met de angst om de grootste teleurstelling van zijn leven te ondergaan.

De stad bruist van de mensen. Het einde van de oorlog zorgde voor een grote dynamiek om het leven in alle sectoren te reorganiseren. De mensen, agressief en optimistisch, bereidden zich voor om bedrijven te starten, de handel te herstellen, iets te doen om de wonden van de oorlog te helen en de honger en de ondergang te verlichten die veel sectoren en veel huizen verwoestte.

Sommige versleten uniformen van de eerste afgestudeerden circuleerden ook door de straten, die op hun beurt onderdak zochten in hun eerdere activiteiten of in diegene die de noodzaak hen oplegde. Er ontbraken hen niet onder hen vreemd uitziende mannen, mensen die tot op de mijl leken te veroordelen dat het geen fatsoenlijk werk was waarnaar ze juist op zoek waren. El Paso was de ideale stad voor veel vreemde dingen vanwege de nabijheid van de Mexicaanse grens, waar ze volgens de traditie de ongewenste wapens voor de revolutionaire guerrilla's en vee stuurden om deze guerrilla's te voeden.

Het smokkelen van wapens en vee over de grens werd zeer gewaardeerd door de vijanden van keizer Maximiliaan, opgelegd door de Fransen op de troon van Mexico en wilden omverwerpen door de aanhangers van Juarez, en het benodigde geld deed er niet toe als het ging om het verstrekken van de meest noodzakelijke elementen om de revolutie en de strijd levend te houden.

Dit was bekend bij alle grensbewoners en hoewel de regering van de Verenigde Staten niet betrokken wilde raken bij de rechtszaak en probeerde elke interventie ten gunste van de een of de ander af te snijden, strekte haar macht op zulke losgeslagen momenten zich niet uit om alles te controleren . de loop van de Rio Grande en dat illegale handel vermijden dat als het rampen veroorzaakte bij de Mexicanen, omdat het hielp om de oorlogszuchtige staat te behouden, het ook de Verenigde Staten schaadde, omdat zowel het vee als de wapens een onteigening was die werd gepleegd aan de boeren, en zelfs de eigen wapendepots van het land.

Harry, die zijn visie op wat een vredige stad was, hoewel luidruchtig en nors, al had verloren, leek zich ontheemd te voelen in de straten. Het instinct van het gevaar waarin hij al zo lang verkeerde, maakte hem wantrouwend en zonder het te beseffen keek hij naar links en rechts of omhoog en omlaag, in de overtuiging dat het onbekende gevaar elk moment zou kunnen opduiken.

Eindelijk, na te hebben gevraagd, vond hij de Ranger-kazerne. Er werd een ongewone beweging in waargenomen, mannen kwamen en gingen, sommigen in burgerkleding, anderen in militaire uniformen of een kledingstuk daarvan en alles leek erop te wijzen dat de beweging van mannen overweldigend en oncontroleerbaar was.

Twee Rangers met een vermoeide blik op de parade hielden de wacht bij de poort. Harry benaderde er een en vroeg:

"Kapitein Walter, wilt u alstublieft?

"Kapitein Walter? Oh, de kapitein is woedend, vrijgezel! Ze laten hem niet in de zon of schaduw, hij heeft meer dan honderd sollicitanten ontvangen en ik denk niet dat hij in een erg goede bui is. Als het een kwestie is van Als je om een plaats in de Divisie vraagt, kun je maar beter ontslag nemen.Hij is het zat om mensen te ontslaan en ze te vertellen dat het quotum is gevuld.

Het antwoord was niet erg geruststellend voor Harry, maar hij moest niet zonder slag of stoot ontslag nemen en hij antwoordde:

"Ik heb een brief voor hem, van een kapitein die aan het front heeft gestaan en een goede vriend van hem is.

"Hmm! Nou, dat is iets anders... Job, ga met de vriend mee naar het kantoor van de kapitein en vertel hem wat er is.

De schildwacht leidde Harry door de gangen en trappen en leidde hem naar boven, waar kapitein Walter zijn kantoor had. Hij was te horen schreeuwen van een half dozijn mannen in zijn kantoor.

'Het spijt me, maar het kan hier niet zijn. Ga naar San Antonio of Vacco, waar je misschien mannen nodig hebt. Hier is alles bedekt 'en duwde ze nerveus om ze het kantoor te laten verlaten.

De groep verdween en de kapitein, snuivend, keek de boswachter aan:

'Wat gebeurt er nu, Job?

'Mijn kapitein, deze ex-strijder zegt dat hij een brief heeft meegebracht van een vriend van u uit de frontlinie. Daarom heb ik hem laten passeren.

'Ok, Job, laat hem.

En wijzend naar de deur, gaf hij aan:

'Kom binnen, sergeant.

Harry kwam opgewonden binnen. Hij voelde de angst voor die reis tevergeefs en kon de angst die het hem veroorzaakte niet verbergen.

De kapitein nam de brief aan die de advocaat hem overhandigde en vroeg:

'Waar komt u vandaan, sergeant?

"Van New Orleans.

"Goede site. Was je erbij tijdens de inname van de stad?

"Ja, mijn kapitein. Ik was in de verovering van het fort van San Carlos en later ging ik de stad binnen met de rest van de troepen.

'Je hebt het koper daar goed verslagen, nietwaar?

'Nou ja, mijn kapitein. Het was behoorlijk "heet" en sommigen werden verbrand. Anderen hadden geluk.

De kapitein nam de brief aan en het eerste waar hij naar zocht was de handtekening. Toen hij het ontcijferde, glimlachte hij van plezier.

'Wauw, het is van Gray! Heb je onder zijn bevel gevochten?

'Bijna drie jaar, mijn kapitein. Sinds hij luitenant was.

"Goede jongen en bravo. Het zal ver gaan.

Er vielen een paar minuten stilte terwijl ik de inhoud van de brief las. Toen hij klaar was, legde hij het op tafel en zei:

"Grijze ravotten over je, verdien je het?

'Ik weet het niet, mijn aanvoerder, maar hij weet dat ik geprobeerd heb ze te verdienen.

'Uitstekend antwoord, sergeant. Zo horen mannen te zijn. Zoals je me hier vertelt, is je naam Harry Parker.

"Ja meneer.

"Waar ben je geboren?

'Hier in Texas, in een stad in de buurt van Corpus Christi Bay.

'Ben je een cowboy geweest?

'Ja, maar de boerderij van mijn baas is verwoest door de zuidelijke guerrilla's en zijn vee is verdwenen. Er was geen manier om bij hem terug te komen.

'Ik begrijp het. Van wat ik zie, heb je twee medailles gewonnen in oorlogshandelingen.

"Ze hebben ze mij tenminste gegeven. Ik heb ook drie littekens die ik niet draag omdat ze lelijker zijn dan medailles.

De kapitein glimlachte; hij werd geamuseerd door de kinderachtige humor van de afgestudeerde.

'Nou, en met al die bagage en de aanbeveling van mijn vriend, kom je je aanmelden om bij de rangers te worden toegelaten.

"Ja, mijn kapitein. Als ik die aanbeveling niet had gehad, had ik het niet gedurfd, omdat ze me hadden verteld dat het erg moeilijk was en bovendien, om te voorkomen dat mensen met een twijfelachtige toestand zouden worden toegelaten, alleen degenen die een solide garantie boden Hij bood het mij aan en ik bedankte hem hartelijk, hoewel ... zijn goede wens is niets, want ik heb al gezien hoe tientallen komen om hetzelfde te vragen.

'Dat klopt, sergeant, maar ze zijn niet allemaal hetzelfde. Heb je ooit gedacht dat zelfs als je zou worden toegelaten, je legerdiploma je niets zou opleveren? Hier worden promoties verdiend op basis van verdienste in dienst van het korps.

"Dat kan me niet schelen. In het leger hebben ze me gepromoveerd zonder dat ik naar hem op zoek was; hier, als ik erin zou slagen om binnen te komen, zou ik voorzichtig zijn om ze voor zich te winnen. Ik weet het niet, misschien heb ik het mis , misschien zal ik falen, misschien ben ik niet een van de velen als ik het uniform mag dragen, maar als ik het draag, zal ik heel mijn ziel en alles wat ik moet steken in het verdienen van die promoties die ik zou geven aan mijn voormalige kapitein.Als betaling aan uw aanbeveling.Ik heb het bewijs dat ik als boswachter geboren ben en zou graag willen testen of het waar is of niet.

'Nou, na je die waarschuwingen te hebben gegeven, kan ik je vertellen dat ik van de weinige plaatsen die gereserveerd zijn voor onvermijdelijke verplichtingen, er een kan aanbieden aan mijn vriend Gray. Ik weet dat hij mij hetzelfde zou dienen in iets dat ik hem vroeg en ik weet dat hij je niet zou aanbevelen als hij er niet zeker van was dat je hem goed zult achterlaten.

"Dus ik... kan erop rekenen... toegelaten te worden tot het korps en...

"Zeg ik het je niet? Je bent toegelaten en we zullen testen of het waar is hoe je denkt dat je als boswachter geboren bent. Er zijn veel delicate dingen om voor te zorgen, ik heb genoeg mannen nodig voor bepaalde riskante en harde diensten en aangezien je jezelf geschikt acht voor hen, zal ik je proberen op een aantal die me de mate van je bekwaamheid zullen geven.De promoties zijn er, in die diensten en je hebt dezelfde kans als anderen om ze te verdienen.

"Heel erg bedankt, mijn kapitein," riep Harry met trillende stem uit, "je weet niet hoe blij je me maakt met deze concessie en ik beloof je plechtig dat ik zo ver zal gaan als het meest, ik zal doen wat de het meest en waar het meest wordt ontmaskerd. Ik zal mezelf eerst ontmaskeren. Als je ooit mijn voormalige kapitein ontmoet en met hem over mij praat, wil ik dat het bevestigt dat ik zijn aanbeveling heb kunnen nakomen en dat ik de beste ben.

"Nou, niets meer Harry. Voor vandaag ben je vrij om uit te rusten van de reis en morgenochtend, om negen uur, kom je om je aansluiting te laten opnemen en op de lijst te zetten.

'Heel erg bedankt, kapitein Walter. Morgen om negen uur heb je me hier.

Hij salueerde stijfjes en verliet het kantoor met een kloppend hart van vreugde. De droom die hij koesterde en waarvan hij al geloofde dat die onmogelijk was, was net uitgekomen dankzij een simpele brief, maar die brief bevatte al zijn patriottische geest, zijn moed, zijn eerlijkheid en zijn efficiëntie.

Vanaf morgen zou hij boswachter zijn, trots het grijze verkennersuniform dragen en zich voorbereiden om zich te bewijzen tijdens zijn werk.

Blij zocht hij een herberg om die nacht te slapen en profiteerde van de dag om de stad te verkennen.

Hoofdstuk II

EEN GEWELDIG BEZOEK

De volgende dag op de afgesproken tijd zat Harry in de kazerne te wachten op het moment om gefilmd te worden en opgenomen te worden in de lijsten van de Divisie.

Hij was niet de enige die op toelating wachtte, bij hem was een lange, blonde, slungelige jongen, met heel blauwe ogen en krullend haar. Hij leek van Ierse ouders te komen, te oordelen naar zijn type.

Hij was ook afgestudeerd, hoewel hij vanwege de krijger die hij nog steeds droeg, niet was overgegaan van een eenvoudige soldaat. De jongeman keek Harry met enig respect aan toen hij het insigne van de sergeant op zijn tuniek ontdekte. Militaire discipline was nog steeds ingebakken in hem en hij stond mechanisch op toen Harry binnenkwam, maar Harry beval met een dwingend gebaar:

'Ga zitten, alsjeblieft. Hier ben ik niet meer of minder dan wie dan ook en als ik deze insignes nog steeds draag, is dat niet uit ijdelheid, maar omdat ik geen andere kleren had om te veranderen. Hoe dan ook, ik zal het binnenkort veranderen voor een andere eenvoudiger en minder opzichtig, hoewel daarom niet minder eervol. Ik zal nog een nummer in het korps zijn en niemand zal hoeven te onthouden dat ik iets was in het leger van het noorden.

'Ben je toegelaten tot de Rangers?

'Zo lijkt het, jij ook?

"Ook. Het lijkt erop dat van zovelen als we gisteren gingen om te proberen dienst te nemen, alleen jij en ik dit geluk hebben gehad.

"Inderdaad. Ik blijf dankzij de pittige aanbeveling van de kapitein van mijn compagnie, met wie ik drie jaar heb gevochten. Zonder hem zou ik niet zijn toegelaten.

"Ja, dat is heel moeilijk. Ik heb een baan omdat ik de broer ben van sergeant Bob Reggs. Mijn naam is Caro Reggs.

"Ik, Harry Parker.

'Ik ben blij u te ontmoeten, sergeant, en ik hoop dat als we bij hetzelfde bedrijf worden ingedeeld, we goede vrienden en collega's zullen zijn. Mijn broer is een veteraan van de Rangers en wordt zeer gewaardeerd in het korps. Ik zou er eerder in zijn gegaan als de oorlog niet was uitgebroken, maar toen die uitbrak, vertelde mijn broer me dat ik meer zou verdienen door eerst dienst te nemen in het leger, waar ik zou leren en oefening en taaiheid zou verwerven. Het weegt me niet zwaar, want in werkelijkheid ben ik verlost van een harde leerschool.

"Ja, oorlog leert veel en laat ons zien of we later de moeite waard zijn voor iets soortgelijks. Jij bent ook een Texaan.

'Er bestaat geen twijfel over. We zijn in de buurt van Austin geboren, maar toen mijn broer werd gepromoveerd tot sergeant en permanent in deze divisie zat, besloot Bob dat we allemaal hierheen moesten komen. Mijn moeder, mijn zus Cynthia en ik. kocht een stuk land aan de rand van El Paso, waar we een zeer acceptabele hut en wat land hebben.Zo kon mijn broer zoveel mogelijk voor het gezin zorgen en als hij geen service heeft, besteedt hij wat tijd met mijn moeder en mijn zus.

»Mijn moeder heeft een beetje spijt omdat ze altijd bang is dat er iets zou kunnen gebeuren met mijn broer en nu met mij. Op geen enkele manier wilde hij dat ik meedeed, ook niet bij de rangers, maar wat kan ik nu beter vinden nu alles losgeslagen is? Hier verdien je een behoorlijk salaris, heb je veilig voedsel en kun je het gezin helpen. Mijn broer heeft deze last al heel lang geleden, maar nu kan ik hem helpen het te dragen, en tussen ons tweeën zal de onze geen last hebben van vermoeidheid of ontbering. Heb je de familie ver weg?

"Slechts een paar tweedegraads familieleden.

"Dat is nog erger; familie is altijd een troost en een toevluchtsoord.

'Dat is waar, maar als zoiets als dit wordt gekozen, wat gevaarlijk is, lijdt de familie onder het denken aan je geluk en lijdt het denken aan hen. Je weet het.

"Het is waar, alles heeft zijn voor- en nadelen.

De aanwezigheid van kapitein Walter onderbrak de dialoog. Ze stonden allebei op om militair te salueren.

"Hallo, jongens" begroette de kapitein op zijn beurt. Op dit moment zullen ze uw aansluiting nemen en aan de vereisten voor uw deelname zal worden voldaan. Reggs, ik heb bevolen dat zodra alles in orde is, je wordt toegevoegd aan het bedrijf dat je broer leidt. Hij is erg geïnteresseerd in het begeleiden van uw eerste stappen en aangezien ik hem iets belangrijks moet toevertrouwen, wil ik op zijn beurt dat hij u aan zijn zijde neemt en u op de proef stelt. Bob is te rigide om alles over het hoofd te zien wat hij niet leuk vindt en zelfs als je zijn broer bent, zou hij niet op zijn tong bijten als hij me het rapport gaf.

'Heel erg bedankt, kapitein Walter,' antwoordde Caro resoluut. "Mijn broer krijgt geen kans om mij een verkeerde voorstelling van zaken te geven.

'Ik zal het vieren... Nou jongens, ik laat jullie veel te doen hebben.

Een ranger ging op zoek naar het paar om hen naar de kantoren te brengen, waar ze na het nemen van hun aansluiting hun positie kregen toegewezen, hen werd verteld wat hun plunjezakken in de slaapkamers waren en ze naar het magazijn werden gebracht om hun uniformen te laten bezorgen .

Een uur later droegen ze allebei opgewonden de gloednieuwe grijze uniformen en hadden ze in hun bezit het geweer, de revolver, beide met het korpsanagram, de reistas en later de paarden die ze moesten berijden.

Harry hield echt van zijn. Het was een prachtig exemplaar, zwart als de nacht, met een intelligent hoofd en een hard skelet, in staat om vele vermoeiende dagen te doorstaan.

Later zagen ze de kapitein weer, die glimlachend opmerkte:

"Nou jongens, jullie hebben je gouden droom al bereikt; nu moet je jezelf het waard maken.

"We kunnen niet wachten om het te bewijzen," zei Harry.

'Nou, misschien duurt het niet lang. Nu komt Bob voor je zorgen en aangezien er tot morgen niets georganiseerd is en je vanwege je kwaliteit als ex-strijders geen voorafgaande instructie nodig hebt, kun je vanmiddag een stukje door de stad wandelen. Morgen is een andere dag.

Hij liep bij hen weg en kort daarna verscheen sergeant Bob Reggs.

Harry hield van haar uiterlijk. Hij was een indrukwekkende grote man, die, hoewel hij in het gezicht veel op zijn broer leek, menselijkerwijs met alles oneens was, aangezien zijn lengte veel hoger was en zijn gewicht veertig pond zwaarder was dan zijn broer.

Hij was een zeer donkere man, met een ruwe huid van de wrede streling van de elementen en zijn skelet moet de hardheid van steen zijn geweest.

Maar ondanks zijn strenge gebaar als een goede militair, was er iets aantrekkelijks aan zijn gezicht, misschien de zachte gloed van zijn blauwe ogen, misschien de initiatie van een natuurlijke glimlach die hij kon verbergen omdat het aangeboren in hem leek, iets dat Harry vond het leuk. extreem.

Bob stapte naar voren en zei:

'Ben jij de nieuwe Ranger Harry Parker?

'Op uw bevel, mijn sergeant.

'Volgens mij zat je in het leger.

"Inderdaad, dat was ik.

"En de kapitein heeft me verteld dat hij wat medailles en wat littekens heeft.

'Dat klopt, mijn sergeant.

'Nou, de medailles, je kunt ze blijven dragen, ook al heb je hier niets aan de strepen van de sergeant. Ze kunnen echter met goede wil worden gered.

"We zullen proberen om het te doen.

'Nou, ik heb je niets te zeggen. De kapitein beveelt het mij met belangstelling aan en ik hoop dat u noch over mij, noch ik over u een klacht heeft. Ik vind het leuk dat mannen van me houden, maar ik vind het ook leuk dat ze weten hoe ze van zichzelf kunnen houden.

'Wat jou betreft,' voegde hij eraan toe terwijl hij naar zijn broer wees, 'vergeet onze relatie tijdens dienstbetoon, want als het op acteren aankomt, ben je voor mij niets meer dan een ranger van mijn compagnie en ik zal haar sergeant zijn. voor jou.

«Ik denk dat het beter is om de situatie op te helderen; anders kunt u vragen om naar een ander te worden overgebracht.

'Oké Bob, ik zal het onthouden.

"Nou, er is niets meer om over te praten. Je kunt vandaag en morgen beginnen met handelen.

"In dat geval" zei Caro ", ik ga naar moeder en Cynthia om afscheid van ze te nemen en te zien hoe knap ik ben in dit uniform. Ik hoop met uw toestemming, meneer de sergeant, dat moeder en Cynthia hem meer vinden knap dan jij.

'Oké, Caro, maar je zult me meer vreugde schenken als ze op een dag denken dat jij ook moediger bent dan ik.

'Dat is niet meer gemakkelijk, brigadier Reggs, maar we zullen het proberen.

De sergeant glimlachte en stuurde zijn broer met een liefdevol schouderklopje weg. Caro trok aan Harry's arm en zei:

"Hij is erg rigide als sergeant, maar hij heeft een kinderhart en houdt waanzinnig veel van ons. Eigenlijk was hij degene die ons allemaal vooruit heeft geholpen.

Buiten de kazerne vroeg Caro:

'Wat ga je nu doen, Harry?

"Ik weet het niet, ik heb geen vooropgezet plan.

'Waarom breng je me niet naar huis? Ik zal je voorstellen aan mijn moeder en zus en zij zullen blij zijn om een goede collega van mij te ontmoeten.

Harry knikte. Tussen alleen verveling en het begeleiden van Caro leek dit meer afgeleid.

Beiden gingen naar de rand van de stad aan de oostkant. Daar, een halve mijl van de laatste huizen, midden in het veld, stond de vrolijke en ruime Reggs-hut, omringd door een grote, goed onderhouden boomgaard.

De hut, lang en solide, had in het midden een uitstekende overdekte veranda met een houten vloer, beschermd door een soort ruwe veranda gemaakt van dikke verstrengelde takken.

Op de zonnige, vrolijke ochtend stond een sierlijke vrouwenfiguur op de veranda. Ze hing kleren aan een touw dat van links naar rechts van de veranda was gekruist en haar houding, op haar tenen geheven om het touw beter te omvatten, benadrukte haar met al de bruutheid van haar mooie, goed afgeronde lichaam.

Caro herkende haar meteen en merkte op:

'Dat is Cynthia, mijn zus.

En hij floot op een eigenaardige manier schel.

De jonge vrouw ving het fluitje op, draaide haar lichaam abrupt om en keek naar de stad. Toen hij ontdekte dat de twee rangers naderden, schreeuwde hij:

'Mam, mam, Caro komt eraan!

En als een hert rende hij snel om Caro te ontmoeten.

De twee omhelsden elkaar hartelijk en Harry stond aan de kant en bewonderde de zachte, serene, maar toch dynamische en aanlokkelijke schoonheid van het meisje.

Ze was blond net als haar broers. Ze leek qua lichaamsflexibiliteit meer op Caro dan op Bob, en de ex-sergeant rekende uit dat ze de leeftijd van eenentwintig niet mocht overschrijden.

Zijn ogen waren intens blauw, maar het poëtische blauw van een meer dat sliep onder de streling van de zon. Haar haar was van nature gekruld en vormde sierlijke, losse lussen. Zijn neus was een beetje naar boven gericht, wat een ondeugende en bijzondere gratie aan zijn gezicht gaf en hij had een kleine en mooie mond, door wiens lippen als hij glimlachte, hij de dubbele reeks witte, kleine en uniforme tanden liet zien.

Het meisje, na haar broer uitbundig te hebben omhelsd, ging een beetje uit elkaar en, hem van top tot teen onderzoekend, merkte op:

'Wat ben je knap in het uniform, Caro! Je bent knapper dan Bob!

'Vertel het hem niet, hij zal beledigd zijn.

"Bah! Bob is door niets en minder beledigd. Je weet dat hij heel veel van ons allemaal houdt.

Op dat moment leek Martha, de moeder van de Reggs, aangetrokken door het telefoontje van haar dochter.

Toen hij Caro in het boswachtersuniform zag, bleef hij even staan en riep met enige droefheid uit:

'Je hebt het eindelijk gehaald, Caro. Ik zal je broer dit niet vergeven...

'Maar mam, het gaat heel goed met de Rangers en je leven is verzekerd. Je weet dat het slechte tijden zijn om iets geschikts te vinden en hier... nou kan ik net als mijn broer sergeant worden en een goed salaris verdienen.

"Ja, dat is allemaal prima als er geen dieven, smokkelaars en rovers zijn om op te jagen. Het is niet mijn smaak als ik zoveel moeite heb gedaan om twee kinderen groot te brengen dat ze op een dag aan de rand van de rivier of in de bergen worden doodgeschoten.

Kom op, mam, wees niet pessimistisch. Bob is al vier jaar bij de Rangers en je ziet hem, zo levend en zo gezond.

'Wat in vier jaar niet gebeurt, gebeurt in één dag, Caro, en nu is de angst dubbel, want het gevaar is voor ons allebei.

"Nou, denk nu niet aan trieste dingen. Laat me je voorstellen aan een partner die met mij zal optreden op bevel van Bob.

Dit is Harry Parker, een voormalig sergeant in het Noordelijke Leger tijdens de oorlog. Hij heeft verschillende medailles gewonnen voor dapper en heeft drie littekens op zijn lichaam. Zie je, hij was drie keer gewond en toch leeft hij.

En zich tot Harry wendend, voegde hij eraan toe:

'Dit is Martha, mijn moeder, en dit, Cynthia, mijn zus.

'Leuk je te ontmoeten,' zei Harry, een beetje beschaamd, omdat Cynthia's suggestieve schoonheid indruk op hem had gemaakt en hij zich bewust was van de aantrekkingskracht van de jonge vrouw.

'De smaak is van ons,' zei Martha, 'en ik zal blij zijn dat jullie goede kameraden zijn en goed met elkaar kunnen opschieten. Je ziet eruit als een meer evenwichtige man en ik hoop dat je voor deze gek zorgt die nergens om geeft. voor Bob is hij te serieus, dat geef ik toe, hij heeft zijn missie als priester op zich genomen en hij is zo stijf als een stalen roede, maar zie je, in zijn hart is hij een jongen vermomd als een leeuw. zal al zijn sympathie winnen.

"Ik hoop het, mevrouw, en van mijn kant zal ik mijn best doen om het te bereiken. Als we hetzelfde leven van zorgen, banen en gevaren willen leiden, is het niet meer dan eerlijk dat we zo met elkaar verweven zijn dat we een voor allen en allen voor een.

"God laat het zo zijn. Nu ben ik bang dat de dingen veel droger zijn dan in deze drie jaar van oorlog. Terwijl de oorlog duurde, was dit relatief rustig, er waren veel mensen aan de fronten en hier waren de bedrijven arm, maar met de lozing zullen, volgens Bob vreest, veel gevaarlijke jongens deze landen omverwerpen met wie we zullen moeten bitter vechten. om ze hier weg te gooien. Dit bloedige grensstadje is verschrikkelijk, omdat het zich leent voor veel vuile zaken en men vreest dat de diefstal en smokkel escaleren. Er komen zware dagen voor je aan en dit is mijn angst.

"De oorlog was ook zwaar en je moest dagelijks vechten; Maar ziet u, uw zoon, ik en vele anderen hebben zoveel maanden van gevaar doorstaan en zijn teruggekeerd.

"Dat begrijp ik, maar dat bespaart toekomstige gevaren niet. Die zijn al voorbij, maar hoe zit het met de resterende?

"We zullen ze voorzichtig bekijken. Wij hebben ervaring en koelen bloede en dat is veel waard.

"God laat uw woorden bevestigen.

De oude vrouw nodigde hen uit om binnen te komen en zittend op de veranda serveerde ze hen mede die ze moest verfrissen in de put.

Harry was blij dat hij Caro had vergezeld.

De aanwezigheid van zijn aantrekkelijke zus deed hem alles vergeten en hij wenste dat de dag eindeloos was om aan haar zijde te blijven.

Terwijl zijn moeder zijn broer ondervroeg en hem uitgebreid en zwaar advies gaf waar de jongen met een liefdevolle glimlach naar luisterde, vroeg Cynthia, nieuwsgierig naar onbekende dingen, Harry naar zijn campagne om New Orleans in te nemen, waarover gerapporteerd was. Ze sprak zelfs in die omgeving veel en ze voelde bewondering voor de vele landen die de voormalige sergeant had bereisd, voor de verschillende veldslagen waaraan hij had deelgenomen en voor de gevaren die hij had gelopen toen hij gewond viel in het midden van de vechten en werd blootgesteld aan vallen in handen van de zuiderlingen.

Caro en haar moeder hebben zich uiteindelijk losgemaakt van het paar. De jongen had op het idee gesuggereerd om zijn nieuwe metgezel uit te nodigen voor een etentje bij zijn moeder, en de oude vrouw had de uitnodiging heel natuurlijk gevonden.

En dus werd Harry uitgenodigd aan de eenvoudige familietafel en verlengde hij zijn co-existentie met hen enkele uren, wat voor hem een snelle droom was.

Pas in de schemering, toen Caro aangaf dat het tijd was om terug te keren naar de kazerne, realiseerde ze zich hoe lang ze daar was en hoe kort het was. Ook Cynthia moet kort zijn geknipt, ook al deed ze de hele dag amper iets anders dan kletsen met de ex-sergeant.

Het afscheid was hartelijk. Martha schudde Harry's hand en smeekte:

'U zorgt voor mijn zoon, meneer Harry. Je geeft me veel vertrouwen omdat je een erg zittende man lijkt en Caro een gek zonder evenwicht is. Je zegt dat deze missie aan je broer Bob moet worden toevertrouwd, maar Bob... Bob is gewoon een Ranger-sergeant. U begrijpt me?

Harry begreep haar. Hij wilde impliceren dat hij, doordrenkt van zijn afstuderen en plicht, alles opofferde voor zijn vervulling, alle sentimentaliteit vergetend,

'Ik zal mijn best doen, mevrouw. Caro en ik zullen één zijn en wat van de een is, zal van de ander zijn. Wat Bob betreft, veroordeel hem niet zo hard. Binnen de discipline zijn er vele nuances en onder een krijger klopt altijd een hart waarvan men zich niet koeltjes kan losmaken.

Het afscheid van Cynthia was hartelijk. Ze zei eenvoudig, terwijl ze hem de hand schudde:

"Het was een genoegen voor ons om u te ontmoeten en ik hoop dat u ons weer zult bezoeken als u weer aan het werk bent en wat vrije tijd hebt. Hier wordt u met alle plezier en genegenheid ontvangen.

'Dank je, Cynthia, ik beloof je dat ik, wanneer de gelegenheid zich voordoet, je zal komen bezoeken en je verslag zal doen van onze avonturen. Ik hoop dat te midden van hun opwinding alles goed en soepel verloopt.

Het paar verliet de hut om terug te keren naar El Paso, maar Harry voelde zich zo aangetrokken tot het huis van de Reggs dat hij, zonder het te beseffen, om de tien stappen zijn hoofd omdraaide en op de veranda keek naar het silhouet van Cynthia, die met een zakdoek in zijn hand wuifde hen gedag.

Hoofdstuk III

EEN GEVAARLIJKE MISSIE

Sergeant Bob Reggs had meer dan een uur in het kantoor van kapitein Walter opgesloten gezeten om indrukken met hem uit te wisselen. De kapitein had de sergeant iets heel belangrijks te vertellen en beiden hadden de zaak van alle kanten bestudeerd.

Dus die nacht, toen Caro en Harry terugkeerden naar de kazerne, Bob belde ze allebei en zei:

"We gaan het hebben over iets heel belangrijks. Het is tijd om in actie te komen en ieders vaardigheden op de proef te stellen.

Luister goed naar me, Harry. Volgens rapporten van de kapitein is een bekende man genaamd Tymson Overman in El Paso. Het is een echt reptiel met een vette huid die uit de ruwste handen kan glippen en tot nu toe is het erin geslaagd om niemand ertoe te brengen het te pakken te krijgen en het te beschuldigen van dingen die in de hoofden van velen zijn.

»Tymson heeft veel geopereerd in dit deel van de internationale zone, maar hij heeft in de schaduw geopereerd en zichzelf goed afgedekt zodat niemand een kwetsbaar punt tegen hem heeft; Het is echter algemeen bekend dat al zijn bezoeken aan El Paso samenvielen met schandalige smokkel, diefstal van vee en andere overvallen, maar aangezien hij niet persoonlijk opereert, heeft niemand hem tot nu toe kunnen betrappen op ontslag, of ontdek zelfs de link die is gelegd met de elementen van zijn vermeende bende.

"Hij komt hier zoals elke andere dealer, hij bezoekt plaatsen van ondeugd, gokt, hij geeft het geld uit, hij hangt rond met de meisjes in de gokholen en het lijkt erop dat hij niets anders in zijn leven doet of hoeft te doen.

En toch hebben deze bezoeken een duidelijk doel. Het is als een generaal die vanuit een voor de vijand onbekende achterhoede een grote strijd leidt en iemand gebruikt die, met hem verbonden, de bataljons verplaatst en uiteindelijk de veldslagen wint.

"We weten nogal wat over hem, genoeg om hem duizelig te maken als we dat zouden willen, maar dat leidt niet tot iets praktisch, want we moesten hem opsluiten en zijn hele organisatie zou methodisch te werk gaan, waardoor het nutteloos zou zijn om de jacht opvoeren.

'Tymson kent alle rangers in de Division, ik bedoel alle rangers die er tot nu toe waren, en hij is zo'n goede fysionomist, dat een gezicht dat hij maar één keer in uniform heeft gezien, niet vervaagt.

»Dit bederft elke poging tot bewaking bij hem in de buurt, omdat hij ze kent en er goed op let om geen enkele aanwijzing te geven die ons naar de organisatie van zijn team zou kunnen leiden en om te weten wie ze zijn, hoeveel en hoe ze werken.

Maar nu er enkele nieuwe elementen in onze gelederen zijn opgenomen, heeft de kapitein begrepen dat er een productieve spionage kan worden geprobeerd rond Tymson, waarbij hij een Ranger naast hem plaatst die hem volledig onbekend is en van wie hij niets kan vermoeden. En in onderling overleg hebben we besloten om deze missie aan hem toe te vertrouwen, die door mijn broer in een dubbelspel zal worden gedetacheerd voor het geval hij moet ingrijpen.

»In principe is het een kwestie van het bezoeken van de gokhallen die hij bezoekt totdat hij is gevonden en vanaf dat moment ervoor zorgen dat hij al zijn stappen onder controle houdt, evenals het soort mensen waarmee hij te maken heeft, want het lijdt geen twijfel dat onder deze mensen moeten er de elementen zijn die zijn. Ze komen als liaison met de bende en degenen die hun orders achterbaks doorgeven.

"Uiteindelijk moet je de schaduw van Tymson worden, zonder afbreuk te doen aan Caro die andere taken vervult, zoals toezicht houden op en in de voetsporen treden van degenen die, door met hem om te gaan, ervan worden verdacht tot zijn bende te behoren.

"We vermoeden dat zijn aanwezigheid in El Paso zal samenvallen met een grote operatie om wapens of vee naar Mexico over te brengen. Aan de andere kant van de kloof werken degenen die ernaar verlangen de keizer omver te werpen hard om dit te bereiken, en hun belangrijkste behoefte is wapens en vee.

"Uit recent nieuws dat we hebben ontvangen, weten we dat door gebruik te maken van het lawaai van de demobilisatie, sommige depots van wapens die zijn verzameld van de afgestudeerden zijn gestolen en dat die wapens op een of andere dag naar de Mexicaanse revolutionairen moeten gaan als we dat niet doen. hun vertrek te voorkomen.

En het moet om verschillende redenen worden voorkomen. Ten eerste omdat het wapens van de natie zijn die op elk moment nodig kunnen zijn; een ander omdat ze een waarde hebben die ze schandalig van ons stelen, en een ander omdat we ervan worden beschuldigd schaamteloos de burgerstrijd te begunstigen door te beweren dat de wapens die door de rebellen worden gebruikt, van onze makelij zijn.

»De regering valt ons lastig zodat we deze smokkel en plundering koste wat kost vermijden door de smokkelaars te ontdekken en uit te roeien, maar het is niet zo eenvoudig als het zou moeten zijn vanaf een bureau.

«Nu, we nemen aan dat we de kans krijgen om de mond van de hogere machten een beetje te bedekken door ons te bemoeien met iets waardevols in die zin en als we hiermee de bende van Tymson ontmantelen en ze allemaal vernietigen, hebben we gewonnen en minder mensen tegen degene die blijft vechten.

"Jij, als vreemdeling van dat type, kan heel nuttig zijn. Je bent een krijgsman, je kent er veel kneepjes van en met een beetje geluk, aangezien je de rest hebt, kun je misschien een goede dienst bewijzen.

«Ik heb de aankoop van een cowboy-outfit besteld met de afmetingen die zijn uniform liet zien die ik hem ga geven. Bij zonsopgang verlaat u de kazerne ongezien en vanaf dat moment heeft u blijkbaar niets meer met de rangers te maken.

"Mijn broer zal apart optreden, hoewel je hem ergens zult aantreffen waar ik vaak kom. We gaan niet vooruitlopen op hoe je je werk moet doen, omdat het je initiatieven zou belemmeren. Naar jouw goeddunken laten we je actie en de meeste effectieve manier om nieuws te communiceren zonder dat u het weet.

"Je zult een van de vele dealers zijn die door El Paso zwerven, zonder dat er iets aan de hand is. Zolang hun connectie met de Division niet wordt ontdekt.

»Jij, Caro, je hebt ook je burgerkleding om zonder uniform rond te lopen. Ik hoop dat niemand je herkent aangezien je drie jaar afwezig bent geweest en het zal zeer zeldzaam zijn dat iemand je met mij in verband brengt.

"Het zou voor beiden heel waardevol zijn als hun optreden een succes zou zijn. Je wint hier ook promoties, zoals in de oorlog, Harry, en je kunt je oude badges weer dragen als je ze verdient zoals ik deed door veel bloot te leggen, maar met succes.

«Ik denk dat ik u op dit moment niets meer te zeggen heb. Tymson is hier bekend en de plaatsen die hij het meest bezoekt zijn La Alegría de El Paso en El As de Corazones, die beide in het meest centrale deel van de stad liggen. Ik zal je een beschrijving van de man geven en met dat en iets wat hij hoort in de gokholen, zul je hem uiteindelijk lokaliseren.

'Ik kan het je niet laten zien omdat het argwaan zou wekken en je kunt maar beter geloven dat we te veel zorgen hebben en je aanwezigheid hebben gemist.

Niets maakt hem iets uit als hij op een of andere manier gedwongen wordt hier vandaan te verhuizen. Bij de herberg waar u verbleef toen u hier aankwam, is er een kamer voor u aangevraagd en vindt u uw paard in de stallen. Gebruik het indien nodig naar believen.

Harry, die goed naar de verklaringen van de sergeant had geluisterd, antwoordde:

"Het lijkt me handig om me nu om te kleden en direct naar de herberg te gaan. Hier lijkt het alsof ik niets te doen heb en hoe eerder ik me hiervan losmaak, hoe beter.

'Klinkt me goed. Als je wilt,' voegde hij eraan toe, terwijl hij zich tot Caro richtte, kun je naar huis gaan voor de nacht. Je laat je uniform daar achter en kleed je in burgerkleding.

'Dat zal ik doen, Bob.

'En ik vertel ze niets. Hier is de kans om te laten zien of ze al dan niet voor Rangers zijn geboren. Ik zal vieren dat de test voor ons allebei definitief is.

'We zullen het proberen, sergeant.

Caro verliet de kazerne om naar zijn hut te gaan waar hij de nacht zou doorbrengen en Harry verwisselde zijn uniform voor de kleren die de sergeant voor hem had klaargemaakt en klaarmaakte om zijn optreden te beginnen.

Bob, die in hem een stoere en vastberaden man vermoedde, gaf hem een vriendelijke klap op de rug en merkte op:

'Harry, het zal me een groot genoegen zijn om tijd met je door te brengen om je die badges te zien dragen die je moest opgeven als je van korps verandert. Verdien ze en je zult me voldoening geven, want ik ben niet jaloers. Als ik uit de vrije hand zou gaan, waarom zou ik dan niet willen dat anderen naar boven gaan?

"Dank je, sergeant. Ik zal doen wat in mijn macht ligt en als ik niet opstijg, zijn ze tenminste blij met mijn prestatie.

En hij verliet de kazerne om naar de herberg te gaan.

Bob had er tijdens zijn afwezigheid voor gezorgd dat hij het onderdak huurde en het paard in de stal liet, dus hij had geen moeite om zich te settelen.

Eenmaal in zijn kamer ging hij op de rand van het bed zitten en dacht na over de beste manier om de hem toevertrouwde missie uit te voeren.

Hij moest de voetstappen van Tymson in de gaten houden en hem in de gaten houden. Zou dit gemakkelijk kunnen zijn in het geval van een wijs man die wist wat er op het spel stond met zijn blootgestelde bedrijf en die zou leven met honderd ogen open om niet verrast te worden?

Hij vond het niet erg haalbaar, maar de bestelling was kort en hij moest proberen wat het ook was.

Maar ineens kreeg hij een idee. Wat als hij een manier zocht en vond om een relatie met Tymson op te bouwen en deel uit te maken van zijn band? Voor die sterk blootgestelde bedrijven waren nogal wat mannen nodig, vooral als het ging om het gooien van caches in de rivier, omdat de rangers erg waakzaam waren over de Grande en vaak moesten ze ermee omgaan en de cache oversteken met geweld , het blootstellen en zelfs verliezen van mannen. . Het zou niet gemakkelijk zijn, maar als ze het geluk had om met Tymson in aanraking te komen, zou ze dat misschien wel doen.

En hij besloot pas de volgende dag te vertrekken wat hij die nacht kon doen. Hij zou door de gokhallen lopen en regelingen treffen om de persoon van de smokkelaar te lokaliseren.

De tekens die de sergeant hem had gegeven waren een oriëntatie. Tymson was een man van een jaar of veertig, lang, middelmatig vlees, donker, met een heel mooi snorretje, krullend haar, en vanwege hem en zijn huid leek hij Mexicaans bloed te vertonen. Als het beste identificatiedetail zou hij naar de lob van zijn linkeroor moeten kijken die een beet had.

Hij geloofde dat hij met deze details geen vragen hoefde te stellen of aarzelend zou zijn. Dat litteken was de beste identificatie van de smokkelaar. En hij ging de straat op, klaar om de gokhuizen te verkennen.

In La Alegría de El Paso ontdekte hij niemand die enige gelijkenis vertoonde met Tymson en verliet deze plaats en ging naar El Ace de Corazones.

Het was een betere plek, de animatie was geweldig en het lawaai was donderend.

En aangezien ze haar man ook niet ontdekte, besloot ze wat tijd te verspillen voor het geval hij zou verschijnen.

Er was een embryonaal plan gesmeed en hij zou proberen hem te volgen voor zover de omstandigheden het toelieten, dus ging hij aan een lege tafel zitten in de buurt van een plek waar vier ongewenst uitziende kerels poker speelden en bestelde een bescheiden glas cognac.

De ober keek hem aan. Zulke ellendige klanten leken niet erg gehecht aan de zaak, maar hij moest zich neerleggen en het bedienen.

Harry was niet van plan het op te drinken. Hij zette het op het tafelblad en begon de voordeur in de gaten te houden, waarbij hij met grote belangstelling iedereen volgde die in de kamer verscheen.

Het was meer dan een uur geleden en hij begon te vermoeden dat hij een goede nachtrust miste, toen hij de deur heen en weer zwaaide en er een man verscheen die op het eerste gezicht leek te voldoen aan de beschrijving die ze hem van de smokkelaar hadden gegeven.

Ze verstijfde door haar aandacht op hem te vestigen. Zolang ze zijn oor niet kon zien, kon ze er niet zeker van zijn dat hij de man was in wie ze geïnteresseerd was.

Maar ondertussen bekeek ze hem nieuwsgierig. Als hij geen Mexicaan was, leek hij er veel op en nog veel meer, want in die tijd was hij gekleed als een typische Sonora-inwoner.

Goede vent, knap, zorgeloos lopen, met het gebaar van een man die zichzelf als stoer en zelfverzekerd weet, liep hij rechtop en uitdagend. Zijn goedgevormde skelet verbeterde de kleding van goede stof en beter gesneden, en het was niet verwonderlijk dat hij de aandacht trok waar hij ook kwam.

Ze droeg een zeer glanzende zwarte fluwelen outfit. De broek wijd uitlopend bij de benen, de korte en strakke bolero, het witte miljardairshirt, de scharlakenrode sjerp, de smalle schoenen met hoge hakken en op het hoofd de klassieke zeer hoge en puntige hoed met de enorme vleugels iets omhoog. .

Het moet bekend zijn geweest. Verschillende begroetten hem toen hij langskwam en één riep:

Hallo, Tymson, wat is je leven?

"Hallo manito" antwoordde hij opgewekt "; ik was net in Santa Fe om wat zaken op te lossen en ik kwam hier een wandeling maken om dit niet te vergeten. Ik zie dat El Paso erg levendig is.

'Zoals altijd, Tymson, vooral voor degenen die Mexicaanse ounces meebrengen om uit te geven.

'Die ontbreken nooit, compadrito, daar zijn de zaken gewoon goed. Dit is wat niet zo goed lijkt te gaan van wat ze me vertellen.

"De oorlog heeft alles verpest, maar mensen beginnen te willen werken. Na een jaar keert alles terug naar de normale gang van zaken.

'Dan wordt het na een jaar een kwestie van hier terug te komen, vind je niet?

"En nu dat?

'Sinds ik hier ben, zal ik een paar dagen plezier hebben en dan ga ik terug naar New Mexico, hoewel ik misschien naar het zuiden ga om te zien hoe de ranches daar zijn. Ik heb een aanbieding van grote partijen geweien om te verkopen en misschien hebben ze hier interesse.

Hij maakte zich los van degene die hem die vragen had tegengehouden en liep naar achteren. Iemand riep hem vanaf een tafel in de buurt van Harry's en Harry was blij, want zo zou hij hem dichterbij zien, omdat hij tussen zijn tafel en die ernaast zou moeten passeren.

Degene die hem noemde had een soort boer. Later hoorde hij dat hij dat was, en dat hij soms met Tymson had gehandeld door hem geweien te verkopen.

Tymson liep naar de tafel die de boer bezet en zoals Harry had berekend, was het rechte pad tussen zijn tafel en de tafel ernaast. Met al zijn zintuigen op scherp wachtte hij tot de zogenaamde Mexicaan de nauwe doorgang zou oversteken en toen hij dat deed, verschoof hij de tafel een beetje. Tymson struikelde over de rand en het cognacglas verloor zijn evenwicht en kantelde, waardoor de vloeistof werd gemorst.

Maar Harry zette geen agressief theater in het protest, maar riep op klaaglijke toon uit:

'Je hebt me verpest, vriend. Wat drink ik nu als ik nog maar twintig cent hoef te betalen voor wat ik heb gemorst?

Tymson draaide zich om en riep met een glimlach uit:

"Het spijt me, cowboy, maar wees niet gehaast, je zult niet zonder drinken komen te zitten. Hier, om me gezondheid te brengen" en gooide een ons goud op tafel.

Harry deed alsof hij haar gretig aankeek en riep:

"Een ons! Ik was de kleur van goud vergeten. Gezegend ben je dat je het je kunt veroorloven ze royaal te geven als sommigen van ons onze zielen aan de duivel zouden verkopen om een handvol van hen te veroveren,

Tymson stopte zijn opmars en, kijkend naar Harry, riep hij uit:

Ben jij een cowboy?

"Het was, nu weet ik niet meer wat ik ben. Ik heb drie jaar in het leger gevochten; kauw je dwaas lood en dan, als je er geen meer nodig hebt, daar is het; componeer ze zo goed als je kunt, dat je mij niet langer dient.

Hij zei het met een accent van geconcentreerde woede en Tymson, die van plan was zich terug te trekken, merkte op:

'Wanhoop niet, cowboy, misschien komt de baan die je nodig hebt wel langs om te verdienen wat je wilt. Drink en wees niet pessimistisch' en ging door totdat hij zich bij degene voegde die hem had begroet.

Harry dacht dat hij in die zinnen een vage waarschuwing bespeurde van iets dat hem zou kunnen worden voorgesteld en besloot niet van tafel te gaan. Hij riep de ober en liet hem de ounce zien, beval:

"Een whisky van het beste! Ik wil proosten op de gezondheid van die luidruchtige Mexicaan.

De ober gehoorzaamde het bevel en kort daarna presenteerde hij met verrukking de whisky waar Harry van genoot.

Intiem voelde hij zich opgewekt. Het was onder de aandacht van Tymson gekomen dat het al iets was, maar dit kon zijn voor- en nadelen hebben. Als hij niet geïnteresseerd was in haar persoon, zou ze zichzelf aan hem hebben onthuld en het zou heel moeilijk voor hem zijn om als een schaduw aan zijn lichaam te blijven plakken om zijn bewegingen te bespioneren.

Als hij daarentegen wel interesse zou kunnen hebben, dan... zou hij op een gegeven moment gefouilleerd worden in plaats van naar hem te moeten zoeken.

En als hij zoveel geluk had gehad, zou hij met succes zijn begonnen de instructies van zijn baas uit te voeren. Hij hield van gevaar om het plezier ervan te vermijden en ervan te genieten, hoewel het einde achteraf iets onzekers was dat hij wel of niet kon overwinnen, afhankelijk van het geval.

Tymson praatte een tijdje met de boer, schudde zijn hand vaarwel en besloot naar de speelkamer te gaan. Toen hij opstond om naar de woonkamer te gaan, wierp hij een blik op Harry, die zijn glas hief om hem het drankje te geven en de smokkelaar begroette hem met een expressief handgebaar.

Harry besloot te wachten. Hij zou misschien dwaas een paar uur van de nacht verspillen, maar een dienstdoende Ranger had geen tijd voor zichzelf. Wat zijn werk ook vergde, hij moest het hem geven, zelfs als hij daarvoor dagen en nachten moest staan totdat hij uitgeput van de inspanning neerviel.

Hoofdstuk IV

TUSSEN OPLICHTERS WANDELT HET SPEL

Hij had meer dan een uur alleen gezeten met het glas half geconsumeerd, toen een figuur voor hem verscheen waarvan hij niet kon lokaliseren waar het vandaan kwam. Het ging over een man van midden dertig, lang, goed gebouwd, erg donker en gekleed in een outfit die op de zijne leek. De verschijning naderde de tafel en salueerde, zeggende:

'Verveel je je, cowboy?

"Een beetje.

"Wil je afgeleid worden door het dobbelen?

'Bedankt, maar ik heb geld tekort.

"Duivel, ik zie goud op tafel!

"Dit ons is net aan mij gegeven en het moet duren tot de duivel me meeneemt of een baan vindt. Ik kan geen cent op haar spelen.

Zonder te weten waarom, vermoedde Harry dat de aanwezigheid van de vreemdeling niet iets toevalligs en spontaans was, maar een vooropgezette ontmoeting en vroeg hij zich af of zijn plan was uitgekomen en dat deze man een mysterieuze band met Tymson had.

Zijn gesprekspartner leek niet overtuigd en ging naast hem zitten terwijl hij zei:

'Dat is een ander verhaal, cowboy. Het gaat hier echt slecht en je kunt niet gemakkelijk een baan vinden. De kwestie van het vee is verbrijzeld.

"Vee en blijkbaar alles. Ik had illusies toen ze me de vergunning gaven in de overtuiging dat er nu veel pionnen voor nodig zouden zijn en ik heb ontdekt dat er van ons allemaal over is. Het panorama is mooi en aangenaam.

"Het is inderdaad niet zo eenvoudig om de stemming op te lossen.

"Maar je moet het oplossen. Ik ben naar El Paso gekomen om de zaak op te lossen. Als ik niet snel iets vind, steek ik de rivier over en marcheer naar de andere kant van de kloof. Mij is verteld dat de supporters van Juárez moedige mannen nodig hebben en ze betalen ze goed. Als de duivel je wil meenemen, laat hem je dan meenemen in een buggy.

'Zou je dat willen doen, cowboy?

"Waarom niet? Als een man werk zoekt en het niet kan vinden, als hij moet eten en slapen en er geen geld voor heeft, moet hij het ergens en op de een of andere manier zoeken. Je kunt niet van de lucht leven en als de regering niet in een positie is om de levens te verzekeren van degenen onder ons die het hebben blootgelegd, laat het dan naar de hel gaan.

Nadat de indringer Harry had laten luchten, riep hij uit;

'Ken je je vak goed?

"Hé, ik ben zo cowboy als de meesten en dat laat ik op de grond zien.

'Uit moed, hoe gaat het met je?

"Het certificaat ligt op mijn lichaam met drie littekens van evenveel schoten.

"Als dat het geval is, is het misschien niet moeilijk voor je om een baan te vinden.

"Waar en hoe?

"Hier in El Paso.

"Vertel me wie het kan leveren, dat ik naar je op zoek ben. Als ik geen gram meer heb, zal ik geld moeten halen waar het bestaat.

"Voor jou ergens?

'Ja. Ik heb de herberg drie dagen betaald op de Plaza Vieja.

"Nou, wacht daar op een bericht van mij, ik zal je vinden en je van werk voorzien.

"Wanneer?

"Het duurde niet lang.

"Dat is heel elastisch. Ik kan hier drie dagen mee bezig zijn en het diner wordt betaald; maar nee, en als ik ze verlies, wat moet ik dan doen?

"Je verliest niets omdat je vanaf morgen betaald wordt, ook al duurt het een paar dagen voordat je begint te werken.

"Wie garandeert mij dat?

"Me.

'En wie ben jij in godsnaam? Ik ken hem niet en het kan een grap zijn. Nee, vriend, ik kan niet met de tijd spelen.

De vreemdeling haalde nog een ons uit zijn zak en legde het op tafel, zeggende:

'Denkt u dat dit een wachttijd van drie dagen garandeert?

"Dit spreekt al in goud. Ik kan die drie dagen wachten.

'Dus niet meer praten. Te zijner tijd ga ik hem zoeken.

"Kan ik niet meer weten? Om te werken moet je in ieder geval weten wat je gaat verdienen.

"Veel meer dan ze hem zouden geven in een ander team.

"Nou, ik zie hem heel raadselachtig.

"Als het tijd is om bij het team te komen, zal ik je meer details geven. Je hebt een ons voorschot en de belofte van een beter salaris, is het weinig?

'Nou, vergeef me dat ik achterdochtig ben, maar mijn situatie is duister. Ik had mijn projecten als ik geen werk kon vinden en ik zal ze uitstellen.

"Je verliest niets. Tot ik het ga zoeken.

Hij nam afscheid van hem en verdween uit de joint.

Harry durfde niet te bewegen voor het geval alles zou bederven, maar zijn gezond verstand vertelde hem dat deze man een item in Tymsons dienst was. Hij moet haar hebben gezegd hem te benaderen en daarom had ze hem rechtstreeks aangesproken.

En als dat zo was, vermoedde hij dat hij op het punt stond in de mond van de wolf te gaan. Nu kwam het erop aan het nieuws aan Bob of de kapitein te kunnen doorgeven, maar hij moest wel met loden voeten bewegen. Misschien was hij in die drie dagen die nodig waren om over zijn diensten te beschikken erg waakzaam en kon hij niet bederven welke kans hem had doen winnen.

Hij trok zich terug in de herberg en daar dacht hij na hoe hij Bob zou waarschuwen. Hij kon niet naar de kazerne gaan of contact opnemen met een boswachter voor het geval dat, en wat het schrijven betreft, het was bekend dat hij een brief naar de divisie had gestuurd.

En na lang nadenken dacht hij de oplossing te hebben gevonden. Hij zou Cynthia een brief schrijven, zodat ze die later bij haar broer kon bezorgen. Het schrijven aan een vrouw viel helemaal niet op, tenzij er veel werd onderzocht totdat de relatie die het meisje met de sergeant had achterhaald was.

Nadat hij de brief had geschreven, legde hij hem weg en de volgende ochtend vroeg hij aan de staljongen:

Hoe kon ik een brief in de handen van een meisje krijgen? Ik vind het meisje leuk, weet je, maar ik ben niet zo gemakkelijk in woorden om te zeggen wat ik wil en... met de pen is het losser. Dan, nadat ze mijn gevoelens goed kent... gaat het makkelijker.

'Ik begrijp het, cowboy, komt het meisje van hier?

'Hij heeft een hut een halve mijl naar het oosten.

"Om de brief te zien?

Toen hij de naam las, antwoordde hij:

"Ik denk wat het is. Ik woon bij mijn moeder op dat adres en als ze vanmiddag haar dienst verlaat kan ik haar afleveren.

"Heel erg bedankt vriend. Hier, voor de moeite" en gaf hem een dollar.

Hij moest vertrouwen op de goede wil van de ober om de brief op zijn bestemming te krijgen.

De brief arriveerde en Cynthia, verrast, scheurde de envelop. Binnenin zat een vierzijdig vel en een briefje. De notitie luidde:

"Mevrouw Cynthia: Sorry dat ik u stoor, maar de zaak is zeer delicaat en ik moet. Ik ken geen andere procedure om deze belangrijke brief in de handen van uw broer Bob te krijgen, en ik vertrouw hem aan u toe. Het is uiterst belangrijk dat niemand weet dat ik met de rangers omga. Geef het alsjeblieft zo snel mogelijk aan Bob.

Heel dankbaar, Harrie.

De jonge vrouw, geïntrigeerd, las het blad en huiverde. Uit de inhoud maakte hij op dat de ex-sergeant opdracht had gekregen voor een missie die niet alleen moeilijk, maar ook zeer gevaarlijk was, aangezien het niets minder inhield dan binnensluipen in een smokkelbende en Harry blijkbaar was geslaagd.

Zonder tijd te verspillen, richtte hij zich tot zijn moeder en zei:

'Mam, ik ga naar het dorp.

'Waarvoor, mijn dochter?

'Ik moet een brief van Harry, Caro's partner, aan Bob bezorgen.

'En waarom stuurt hij jou en hij niet?

'Om vele redenen, mam, is het een kwestie van dienstbaarheid. Ik zal het je uitleggen.

En zonder tijd te verspillen ging hij naar El Paso op zoek naar zijn broer.

Bob was in de kazerne. Toen hij de aanwezigheid van zijn zus aankondigde, voelde hij zich nerveus.

"Waar kom je voor? Vroeg hij, terwijl hij naar buiten kwam om haar te ontmoeten.

'Breng je dit. Het is van Harry en hij heeft het naar mij gestuurd.

De sergeant nam de brief geïntrigeerd aan en zodra hij hem begon te lezen, straalden zijn ogen fel.

'Oké, Cynthia, je kunt terugkomen... Ah, als er nog meer komen, breng ze dan zonder een minuut te verspillen.

'Bob, wat gaat die man proberen?

"Een heel logisch en heel ambitieus iets, Cynthia. Claim je sergeantstrepen hier bij de Rangers. Ga en bemoei je niet met dingen die je niet weet.

En hij stuurde haar weg met zijn eigen bruuskheid.

'Hij meldde zich onmiddellijk bij het kantoor van de kapitein.

'Wat is er, Bob? vroeg Walter.

'Ik denk dat ik goed nieuws heb, mijn kapitein.

"Met betrekking tot wat.

'Aan Tymson en zijn bende.

"Duivel! Zo snel?

"Je hebt gelijk. Zijn aanbevolen tijd heeft geen tijd verspild en ik kan niet uitleggen hoe hij erin is geslaagd iets te doen dat heel nuttig kan zijn. Zie deze brief die je naar mijn zus hebt gestuurd om aan mij te geven. Je hebt ervoor gezorgd dat je hem niet hierheen stuurde in afwachting.Lees, wat erin telt is erg lekker.

Harry vertelde inderdaad kort over zijn incident met Tymson en daarna over zijn interview met de vreemdeling. Naar zijn mening moet hij door de smokkelaar zijn gestuurd om hem in dienst te nemen, aangemoedigd door wat hij hem had horen zeggen over zijn toekomstige baan. Hij geloofde dat hij wanhopig vastbesloten was om alles te doen wat nodig was om geld te verdienen en hij had zeker die drie dagen genomen om over hem te waken en er zeker van te zijn dat hij volledig geïsoleerd was en met niemand contact had.

Aan het eind van de brief voegde hij eraan toe:

"Schrijf me niet, bezoek me niet, of doe iets om dichter bij me te komen, maar kijk hoe ik op mijn stappen let en op die van de man die me zal komen zoeken. Ik ben vastbesloten om te gaan waar ze me willen brengen en deel te nemen aan wat ze proberen te dienen als lokaas. Aangezien ik niet meer zal kunnen doen, is het aan jou om mijn spoor te volgen en de rest zal zijn wat het lot heeft geregeld.

Walter riep na het lezen van de brief uit:

"Ik denk net als Harry dat er een verband is tussen Tymson en de man die hem benaderde door hem een baan aan te bieden.

"Als dat zo is, heeft die man geen tijd verspild en iets bereikt dat heel nuttig kan zijn. Het lijkt mij dat hij een moedige kerel is en klaar om te gaan.

"Dat lijkt mij, de vraag is nu om te kijken hoe de val wordt georganiseerd om iedereen die om die kwestie draait erin te krijgen. Ik begrijp wat Harry zegt; Het zou erg riskant zijn als hij zou proberen met ons te communiceren en wij zijn degenen die moeten oppassen dat we het aas niet verliezen. Als die man er geen spijt van krijgt en hem uiteindelijk meeneemt, zal het zijn om hem in de bende te plaatsen en als we ze uit het oog verliezen, zal hij zichzelf geïsoleerd en overgeleverd vinden aan vele gevaren en een valse situatie die zal worden heel moeilijk voor hem om te overwinnen. Het is noodzakelijk om heel goed te bestuderen hoe de dingen zullen worden gedaan, zodat dat kleine draadje of de draadjes die er later uit voortkomen niet breken.

"Dat klopt, mijn kapitein, en het slechte is dat wij niet degenen zijn die de baan kunnen volgen omdat ze ons meteen zouden kennen. Deze spionagemissie moet worden toevertrouwd aan nieuwe en tot nu toe onbekende mannen in het korps, en van de weinige die er zijn, heb ik geen reden om veel vertrouwen te stellen in hun scherpzinnigheid en discretie. Ik heb mijn broer die ik goed zal onderwijzen en van wie ik hoop dat hij me niet zal teleurstellen, maar van de andere drie of vier nieuwe weet ik niet welke capaciteit ze voor deze dingen zullen hebben. Het is niet genoeg om moedig en roekeloos te zijn, ook al zijn ze dat wel, want die deugden moeten op het laatste moment worden gemanifesteerd. Op dit moment, terwijl de zaken worden gepresenteerd, moet je een man hebben die toegewijd is om in de voetsporen van Tymson te treden en een andere om degene te volgen die Harry heeft ingehuurd, zodra hij is geïdentificeerd. Later, ik niet

"We zullen het moeten doen met wat we hebben. Vertrouw een van hen toe om Tymson te volgen en zijn broer op de uitkijk te zetten naar de herberg voor wanneer ze Harry gaan zoeken. Op basis van wat ze ontdekken, gaan we verder.

'We zullen ons best doen, mijn kapitein. Deze zaak is niet het ordinaire geval van het achtervolgen van een bende veedieven of -smokkelaars, omdat de bende onbekend is. Al was het maar om ze te ontmoeten, ik heb genoeg mannen van hart om dat te doen.

'Ik neem de leiding, maar op de een of andere manier moet je ze opsporen. Ik laat het in uw handen en ik vertrouw erop dat alles goed zal gaan. Wat ik zal betreuren is dat deze man vast komt te zitten in een bodemloze put waar hij niet gemakkelijk uit kan komen. Als hij, zoals hij zegt, tot het einde wil gaan, vrees ik dat als we de bende vinden en ze afsnijden, de prijs voor hem een kogel van zijn eigen metgezellen kan zijn.

"Ik weet het niet, een man van zijn kwaliteiten vindt altijd middelen om gevaar te vermijden, maar als hij dat niet is, staan er op de erelijst van de Division enkele namen van helden die glorieus zijn gevallen in daden van dienst. Zijn naam zou nog een in de doos zijn.

'Ik heb hem liever levend, Bob. Degenen die het meest waard zijn, zijn degenen die we het minst zouden moeten verliezen.

'Maar zonder zijn offer weet ik het niet.

"Ze hadden waardevollere diensten kunnen verlenen. Degene die dit uniform draagt, weet waaraan ze worden blootgesteld en als ze het accepteren, is dat omdat ze geboren zijn als ranger.

Bob nam in grote bezorgdheid afscheid van de kapitein. De zaak was uiterst delicaat en hij zou een grote verantwoordelijkheid dragen voor het succes of het falen ervan.

En wat hem het meest woedend maakte, was dat hij niet persoonlijk kon optreden. Hij vertrouwde niemand zoals hij zichzelf vertrouwde en zou de insignes hebben opgegeven om ze weer te verdienen zolang hij de bewegingsvrijheid had gehad om Harry te kunnen ondersteunen.

Maar hij zou genoegen moeten nemen met het toevertrouwen van deze missie aan zijn broer. Hij smaakte moedig en vastberaden, maar hij was erg wantrouwend over zijn houding. Hij was te jong en impulsief, en hij vreesde dat het hem aan de nodige kalmte ontbrak om geen onstuimigheid te plegen die alles wat hij had verdiend zou kunnen ruïneren.

Hij moest naar zijn hut om hem te zoeken aangezien was afgesproken dat hij niet op de kazerne zou verschijnen. Caro had al van Cynthia gehoord over Harry's activiteiten en stond te popelen om in actie te komen.

Bob gaf hem een serieuze beoordeling om hem bij te brengen dat hij met mate te werk moest gaan en zich niet moest laten meeslepen door dwaze impulsen of verwaande handelingen die voor iedereen schadelijk zouden kunnen zijn. Hij moest er rekening mee houden dat de vijand een zeer waardevolle gijzelaar in handen zou krijgen en dat het leven van deze gijzelaar tot het uiterste moest worden verzorgd.

En na deze aanbevelingen vertrouwde hij hem de missie toe om Harry in de gaten te houden totdat hij hem contact met iemand zag opnemen. Dan zou hij zijn partner in de steek laten om de schaduw van de ander te worden.

Om Tymson in de gaten te houden, koos hij uit de drie nieuwe dienstplichtige elementen degene die het slimst leek en na hem talloze instructies te hebben gegeven, beval hij hem de smokkelaar te lokaliseren en zijn bewegingen te volgen en vooral kennis te nemen van de mensen met wie hij omging.

Harry wachtte na dat vreemde gesprek met de vreemdeling. Trouw aan zijn belofte, wachtte hij gewoon en zijn leven kon niet eentoniger zijn. Hij zou laat opstaan, door de stad wandelen, 's avonds de kroeg bezoeken, zich beperkend tot een zeer bescheiden drankje, en hij had met niemand een gesprek of een woord gewisseld.

Als dit was wat ze wilden verifiëren, moesten ze tevreden zijn met hun gedrag, want er kon geen groter gevoel van isolement zijn dan dat van hen.

Verscheidene keren had hij ontdekt dat Caro de herberg bewaakte of hem op een afstand volgde, maar geen grimas, geen stiekeme groet, of iets dat hem niet kende. Caro bestond niet, hoewel ze wist dat hij haar schaduw was geworden.

De derde nacht, na zijn bezoek aan de gokhal, keerde hij terug naar de lodge en toen hij die bereikte en de deur van zijn slaapkamer opendeed, vond hij de persoon met wie hij drie nachten voordat hij op bed ging zitten praten. Harry keek hem verbaasd aan en vroeg:

Wat doe jij hier in godsnaam?

'Zie je wel, ik wacht op je.

'En hoe ben je binnengekomen?

"Ik heb om accommodatie gevraagd en ze hebben me de aangrenzende kamer gegeven. Omdat de sleutels blijkbaar enkelvoudig vergrendeld zijn, was het voor mij niet moeilijk om hem te openen en rustig op hem te wachten.

"Zeer goed en...

Hij staarde naar zijn kleine koffer. Het vertoonde tekenen van geopend te zijn en even was het gespannen, maar het werd snel opnieuw gedaan. In afwachting van alle onvoorziene omstandigheden in haar was er absoluut niets dat hem in gevaar kon brengen.

Wat wilde je zeggen?

"Dat als de eventuele arbeidsovereenkomst ook de vrijheid omvat om mijn bagage te doorzoeken.

'Het is mogelijk, vriend Harry.

Hij keek hem aan en veinsde wantrouwen.

'Hé, ik kan me niet herinneren je mijn naam te hebben gezegd of de jouwe.

"Dat maakt niet uit. Ik kende de zijne; de mijne zal het op tijd weten.

"Dit lijkt me een te groot mysterie.

'Ik zal je ervan overtuigen dat zo'n mysterie niet bestaat. Ik heb een paar mannen nodig die bekwaam zijn in hun vak, gematigd, enthousiast om zo snel mogelijk geld te verdienen, maar met garanties dat hun mensen niets te maken hebben met elementen die ons helemaal niet interesseren. Hier komt de registratie van uw bagage om de hoek kijken.

'Wat had ik in hem verwacht te vinden, een draak met misschien wel honderd koppen?

'Iets soortgelijks, maar nu ik weet dat hij hem niet heeft opgesloten, lopen de zaken anders.

»Het werk dat we gaan doen is zeer lucratief, we betalen degenen die eraan deelnemen heel goed, maar aangezien het iets is dat bepaalde elementen niet leuk vinden en ze er hun neus in steken, moeten we streng optreden preventieve maatregelen.

"Hmm! Gesmokkelde misschien?

'Waarom denk je dat het zo is?

'Als we niet in El Paso waren, als niets meer dan de rivier ons scheidde van Mexico en als ik niet wist dat wapens en vee daar goed betalen, zou ik dat niet denken.

"Inderdaad, daar gaat het om. De voorraad is belangrijk, we hebben meer mensen nodig dan we hebben en het is al lang zoeken naar wat meer mannen om ons te helpen en op wie we de maximale persoonlijke garanties krijgen.

"Op een keer stonden we op het punt een Ranger aan onze gelederen toe te voegen. Het ding was heel goed bedacht, maar hij verachtte ons te veel en het was zijn ondergang. Hij had zichzelf de luxe toegestaan zijn Ranger-badge in zijn koffer te verbergen, en ze moesten hem ermee begraven.

Harry moest zich enorm inspannen om onverschillig te lijken. Ook hij bewaarde zijn gardeplaat, maar had hem zorgvuldig onder de voering van zijn vest genaaid om niet gezien te worden.

En terwijl hij een vreemde glimlach schetste, vroeg hij:

'Dus... waar ik naar op zoek was, was een van die plaquettes.

'Dat of iets wat ik niet leuk vond voordat ik de deal sloot. Nu kan ik je enkele dingen vertellen die ik je eerder niet zou hebben verteld.

"Je bent deze drie dagen bespioneerd en je hebt geen stap gezet die ons onbekend is. Omdat we hebben geverifieerd dat je met niemand een relatie hebt, dat je helemaal alleen bent en niets verbergt dat schadelijk voor ons zou kunnen zijn, was de test blij voor je en nu kunnen we zonder voorbehoud spreken.

"De baan die ik je heb aangeboden, staat nog steeds. Het gaat over het naar de andere kant van de rivier brengen van een belangrijke voorraad wapens voor de Mexicaanse revolutionairen. Omdat het iets is dat ze goed betalen, betaalt de baas zijn mannen goed, daarom moet jij zal in minder dan twee weken meer verdienen dan wanneer u een jaar op een ranch zou werken.

"Nou, het aanbod is verleidelijk, maar hoe zit het met het gevaar?

"Het gevaar is relatief. We zijn veel caches en zelfs grote kuddes gepasseerd zonder de rangers tegen te komen. We hebben ze ook onder toezicht en we zorgen ervoor dat ze hun bewegingen controleren. Dit is een gevecht in de schaduw waarin we proberen elkaar voor de gek te houden en soms maken we grappen over hen en andere keren hebben ze wat geluk en vinden ze ons.

"Maar toch, vaak hebben ze er niet veel aan, omdat we goed bewapend, goed voorbereid en met genoeg mensen zijn om te voorkomen dat we gepakt worden. Meer dan eens zijn we met ze in gevecht gegaan en hebben we ze op de ene plek op afstand gehouden, terwijl hij op een andere de cache aan het oversteken was.

"Het is waar dat er soms voor beide partijen gevallen is, maar dit is een gok die gecompenseerd wordt met de vergoeding.

»Wat wordt voorbereid, is erg belangrijk en moet goed worden bewaakt en goed worden verdedigd. Aanvankelijk heeft de chef duizend dollar toegewezen aan elke man die de cache helpt de rivier over te steken en later, als het intact aankomt, zal er een premie zijn volgens het hulpprogramma dat uit de zending wordt gehaald. Later, als het goed gaat en het hem uitkomt om met ons verder te gaan, rekent hij honderd dollar per maand en een percentage van de nieuwe caches die worden doorgegeven of de bundels die bij ons binnenkomen. Zo niet, dan loopt uw verbintenis, eenmaal aan de andere kant van de scheidslijn, misschien af en met dat geld kunt u gaan en staan waar u wilt, want we zullen oplossen om het spoor uit te wissen en we zullen weer aansluiten waar en wanneer het u uitkomt.

»Je wilde naar de Mexicanen gaan om je bij hen te voegen en je kuil te redden. U zou niet zo veel of minder blootgesteld worden betaald dan bij ons.

'Nou, ik zie dat je goed op de hoogte bent van mijn gedachten. Ik ontken niet dat dat mijn idee was, maar het maakte het afhankelijk van het wel of niet vinden van werk. Natuurlijk, nu ik werk niet in perspectief zie en tussen naar Mexico gaan of accepteren wat hij me voorstelt, is de keuze niet twijfelachtig: ik ben hier meer in geïnteresseerd.

"In dat geval heb ik hem een paar uur laten slapen, want bij zonsopgang zal ik hem roepen om met me mee te gaan.

"Ver weg?

"Dat weet je al.

"Ik zeg dit voor het geval ik het paard mee moet nemen of hier moet achterlaten.

'Je hebt het paard net zo hard nodig als je revolver.

"In dat geval ben ik er klaar voor.

'Nou, want het is al laat, ga naar bed. Ik zal je bellen.

De smokkelaar stond op het punt te vertrekken. Harry hield hem tegen en zei:

'Mag ik nu weten hoe ik je moet noemen?

"Ja; mijn naam is Morley.

"Nou, niets meer; tot de vroege ochtend, Morley.

Toen Harry alleen was, ging hij op zijn beurt op de rand van het bed zitten en gaf zichzelf over aan diepe gedachten. Zijn plan had goed gewerkt en hij wist dat hij volledig betrokken was bij Tymsons bende, maar daarmee had hij nauwelijks iets opgeschoten.

Vanaf dat moment zou hij gevangen zitten in de netwerken van die stoere mensen die geen spoor van verraad vergeven. Morley had cynisch toegegeven dat de boswachter die deed alsof hij een beweging als de zijne had, begraven was met zijn insigne en dit waarschuwde hem voor het gevaar dat hij kon rennen als hij eenmaal vastgebonden was aan de mazen van dat donkere web.

Maar hij vroeg zich af of hij iets had opgelost door dit dramatische avontuur te leiden. Blijkbaar was alles bij verrassing en snel gedaan. Ze hadden hem drie dagen in de gaten gehouden zoals hij had gevreesd, en hoewel Caro zijn best had gedaan om in zijn voetsporen te treden, was er niets ontdekt.

Nu wist hij ook geen woord van wat er aan de hand was, want Morley had hem voorzichtig benaderd in zijn slaapkamer zonder dat iemand hem zag of gissen naar zijn relatie met hem.

En ze zouden bij zonsopgang vertrekken. Als Caro, zoals destijds logisch was, niet in de herberg rondhing, zouden ze uit El Paso verdwijnen zonder een spoor achter te laten en zou hij merken dat hij volledig losgekoppeld was van de divisie.

Wat zou je alleen en zonder hulp kunnen doen? Hoe konden ze het spoor vinden als ze als rook verdwenen? Er was geen ruimte voor hem om een bericht achter te laten om hen zijn lot te laten weten, want Morley had heel voorzichtig gedaan om er niet achter te komen.

Voor Harry was het een probleem dat hij niet wist op te lossen. Even stond hij op het punt de herberg in stilte te verlaten, naar de kazerne te rennen en verslag te doen van wat er gebeurde, maar wat kon hij verwachten? Morley zou worden gearresteerd of niet, maar dit zou zeker niet komen waar de kapitein heen wilde, namelijk de hele bemanning in zijn hand hebben, de verantwoordelijkheid kunnen vaststellen waarvoor Tymson verantwoordelijk was en wat nog belangrijker was , om te weten waar de stash was om te kunnen ingrijpen.

Dat kon hij niet. Hij moest zich als schipbreukelingen door de stroming laten meeslepen en hem naar het reddende strand laten dragen of hem tegen de kliffen laten crashen.

Het enige wat hij kon bedenken was een brief te schrijven waarin hij de situatie uiteenzette en het in Cynthia's handen zou krijgen zoals hierboven, maar dit was niet gemakkelijk, want Morley kon tot het laatste moment op jacht zijn.

Toch was het het enige haalbare, en hij moest het doen. Na lang nadenken nam hij een besluit. Hij kleedde zich uit, deed het licht uit en ging naar bed.

Maar hij viel niet in slaap en liet dus meer dan twee uur verstrijken. De nacht was helder en een maanlicht scheen door het raam.

Om meer dan drie uur stond hij zwijgend op, zocht een stuk papier en een envelop en schreef zwijgend, in het maanlicht, de brief met een stuk potlood. Daarna verzegelde hij het in de envelop en schreef het adres erop.

Hij verborg de envelop onder het hoofdeinde met een briefje met de tekst:

"Omdat u onverwachts moet vertrekken, verzoeken wij u deze brief naar uw bestemming te sturen."

En daarmee liet hij drie dollar achter voor de vrijwilliger die aan het verzoek wilde voldoen.

Als de brief in Cynthia's handen zou komen, zou Bob alles weten wat er gebeurde, en wat hij daarna wel of niet kon doen, was aan hem.

Uiteindelijk viel hij in slaap en sliep hij het beste toen een hand hem schudde en zei:

Kom op, Harry, het is tijd.

De voormalige sergeant sprong uit bed, bijna slapend gekleed en binnen vijf minuten was hij klaar. Morley liet hem geen moment in de steek en vergezelde hem naar de stal op zoek naar het paard.

En het begon te schemeren toen ze allebei El Paso verlieten in noordoostelijke richting.

Zoals Harry al vermoedde, hield niemand op dit uur de herberg in de gaten. Ze konden niet vermoeden dat ze hem zo plotseling, zonder enige marge om te veronderstellen dat de boswachter in contact stond met de smokkelaars, hem al op zulke uren zouden meenemen.

Het eerste nieuws kwam toevallig. De ober die de kamer van de boswachter moest schoonmaken, ontdekte de brief, het briefje en de drie dollar en begreep dat hij ze eerlijk moest verdienen door de brief te bezorgen.

Toen Cynthia het ontving, vroeg ze de ober:

'Zeiden ze iets tegen je toen ze het je overhandigden?

"Niets, de gast vertrok bij zonsopgang met een collega en liet het onder het hoofdeinde liggen. Hij is vertrokken zonder een teken achter te laten.

Cynthia voelde een rilling door haar lichaam gaan. Hij kende van Caro de missie die zowel had als vermoedde dat de voormalige sergeant was gedwongen te vertrekken zonder meer details te kunnen geven dan die in de brief.

Hij rende haastig naar het dorp op zoek naar Bob. Caro was heel vroeg vertrokken en moet haar missie volbrengen.

Toen de sergeant de brief ontving en de inhoud las, moeten de vloeken aan de overkant van de rivier zijn gehoord. Ze hadden niet op die onwenselijke vaardigheid gerekend en hadden een tijdstip gekozen waarop niemand kon vermoeden dat het incident zich zou voordoen.

Woedend zocht hij de kapitein op om hem verslag te doen van de brief. Harry legde kort uit wat er was gebeurd en getuigde van wat al werd aangenomen. Dat ze hem hadden gezocht in opdracht van

Tymson en dat ze hem ertoe hadden gebracht zich bij het peloton aan te sluiten door alle contact met zijn metgezellen te ontmantelen.

Maar het heeft wel nuttige informatie achtergelaten. Er werd een grootschalige wapensmokkel georganiseerd en op een of andere dag zouden ze proberen de rivier over te steken op weg naar Mexico.

Bij gebrek aan iets beters werd extreme waakzaamheid opgelegd, niet alleen langs de rivier, maar ook in het landschap in de woestijngebieden en vooral in het deel van de New Mexico-kloof, waar bij Las Cruces of een andere stad in het noorden , konden ze de rivier oversteken en dan afdalen naar Mexico, El Paso beneden achterlatend.

Walter was erg overstuur door het nieuws. Voor Harry alle complimenten, omdat de ex-sergeant zijn taak overschreed en zoveel mogelijk details gaf, maar zijn poging om de verbinding met hem te verbreken kon niet alleen tevergeefs zijn, maar ook een toestand van gevaar creëren waaruit het was erg moeilijk voor hem om eruit te komen.

Woedend beval hij:

'Bob, je moet Tymson op geen enkele manier uit het oog verliezen. Het is de enige draad die we hebben zodat we niet verdwalen in het niets en we moeten het houden zoals het is.

De sergeant, bozer dan hij, gromde:

'Ik ga voor je zorgen, mijn kapitein.

'Het zal tijdverspilling zijn, want zelfs de rode mieren van de woestijn kennen je.

'Dat weet ik, maar ik ga ervoor zorgen dat ze me niet kennen. Ik zal mezelf zo goed mogelijk vermommen en weten hoe, en ik zal mezelf in zijn schaduw vormen. Als het me lukt om hem te misleiden, prima, en zo niet, dan zal ik mezelf blootstellen aan alles wat nodig is. Ik vertrouw mezelf niet eens meer.

'Nou, organiseer het zoals je wilt, maar pas op dat je in de voetsporen van die gier treedt. Als het, naar het lijkt, zijn bende is, wanneer hij de voorraad mannen die hij nodig heeft heeft voltooid, zal hij hier spoorloos verdwijnen en zullen we niets meer van hem horen totdat de cache de rivier probeert over te steken, of is overgestoken het, ons uitlachen.

'Dat zullen we zien, mijn kapitein.

Bob, gekweld door zijn zelfrespect, maakte zich klaar om zijn plan uit te voeren, maar niet voordat hij twee paar Rangers had uitgelicht om te proberen enig spoor van het vermiste paar te vinden. Ze waren bij zonsopgang te paard vertrokken en misschien konden ze in het landschap een spoor vinden, hoewel hij het niet vertrouwde.

Van zijn kant kocht hij een in onbruik geraakte mijnwerkersuitrusting van een tweedehands kledingwinkel. Het bestond uit een zeer wijde blauwe broek die hij met een touw op zijn knieën bond, laarzen met hoge hakken gedragen met een legging bijna tot aan de knie, een opzichtig geruit hemd en een geel vest dito, plus een hoed met slappe randen en een versleten kroon. waardoor hij er allemaal uitzag als een verslagen mijnwerker.

Daarna smeerde hij zijn gezicht in met zwarte rook, waardoor zijn toch al verweerde gezicht zwart werd en om zijn gezicht nog meer te verbergen, schilderde hij zijn wenkbrauwen om ze groter te maken. In feite kon hij alleen bij nauwkeurig onderzoek worden herkend als sergeant Bob Reggs van de El Paso Rangers.

Hoofdstuk V

EEN TRAGISCHE VERVOLGING

Harry was al drie dagen spoorloos verdwenen. De pogingen van de Rangers om zijn sporen te zoeken waren nutteloos en vanaf dat moment hoorden ze geen woord van de dappere ex-sergeant.

Bob, volledig vermomd, hield Tymson van een afstand in de gaten, die zich niet bewust was van de bewaking, terwijl hij een opzichtig leven bleef leiden in de gokholen, zonder meer relaties dan normaal te onthullen tussen mensen die bekend waren in El Paso en in El Paso. degene die niet verdacht werd betrokken te zijn bij zulke gevaarlijke zaken als die.

Caro wisselde met haar broer af om de smokkelaar te bespioneren. Na het falen van Harry werden de stappen van Tymson dag en nacht in de gaten gehouden.

Bob was vastbesloten hem niet uit het oog te verliezen en te ontdekken wie met hem in verband stond en in hun voetsporen te treden totdat hij zijn vermiste partner vond.

Maar de dealer leek geen haast te hebben. Hij leidde zijn gewone leven en niets wees erop dat hij op het punt stond te verdwijnen uit El Paso.

's Avonds, na het diner in het hotel, ging hij naar El Ace de Corazones waar hij afwisselde met een van de meisjes uit de cast, of bracht hij een paar uur door in de speelkamer, voordat hij zich rond twee uur terugtrok in zijn accommodatie. .

Bob, die zich zoveel mogelijk probeerde te verbergen, wachtte geduldig op hem in een hoek van de bar en toen hij naar buiten kwam, glipte hij als een dichte schaduw beschut in de gevels van de huizen en volgde hem totdat hij ervan overtuigd was dat hij zeker terugtrekken om te rusten.

De scherpe sergeant was ervan overtuigd dat hij spoedig uit El Paso zou verdwijnen, en hij was alert op al zijn zintuigen. Hij verwachtte een onvoorziene manoeuvre van de smokkelaar en wilde niet verrast worden.

Om deze reden was hij, toen hij hem 's avonds laat in het hotel achterliet, er niet van overtuigd dat hij zich daadwerkelijk terugtrok om te rusten en lange tijd in de omgeving in een hinderlaag zou blijven, totdat Caro, die de leiding had over hem, terwijl hij sliep, spionagelast.

Het gokhol bevond zich op Montana St., op de kruising met Piedras Copia en het mysterieuze onderwerp verbleef in het Texas hotel, geïnstalleerd op Wyoming St. dat parallel was aan het vorige.

Tymson verliet ostentatief het gewricht, stak van de ene straat naar de andere over via een van de zijstraten en verdween in het hotel.

Bob nam, zoals altijd, posities in op de hoek van de steeg in de schaduw van een magazijnschuur en wachtte geduldig. Hij zou zoals gewoonlijk een uur op zijn post blijven en dan Caro achterlaten tot de volgende ochtend.

Een half uur later voelde hij voorzichtige stappen en keek argwanend, maar kalmeerde. Het was Caro die zoals gewoonlijk kwam.

'Niets, Bob?

'Niets, Caro, en toch zegt een zesde zintuig me dat het op het punt staat te verdwijnen. Ik zou graag aan de slapeloosheidsziekte lijden om mijn leven aan de hielen van zijn laarzen vast te kleven.

Caro deed een opmerking:

"Denk je dat het gemakkelijk kan verdwijnen op een exotisch moment? Ik weet zeker dat je hier geen paard hebt en om El Paso te verlaten, moet je de trein gebruiken.

'Vertrouw daar maar niet op. Niemand heeft hem in verband kunnen brengen met een verdacht onderwerp en toch heeft hij alles perfect geregeld om Harry mee te nemen zonder dat iemand het weet. Niemand kan je verzekeren dat ze op een gegeven moment niet ergens met een goed paard op je wachten en proberen te verdwijnen.

"Ja, dat is waar, en ik denk dat als dat het geval was en we ontdekten dat ze hem met een paard opwachtten, we niets zouden kunnen doen om hem te volgen, omdat we geen tijd zouden hebben om onze rijdieren te zoeken. . Heb je daar over nagedacht, Bob?

"Niet; het is nu ineens bij me opgekomen en ik weet niet hoe we dat gaan organiseren als het zich voordoet. Morgen zal ik een paar van onze mannen te paard laten wachten op strategische locaties aan de rand. Dus als het gebeurde, wat net in me opkwam, ik zou spoedig een paard hebben om in haar voetsporen te treden.

Er was meer dan een uur verstreken en Bob, ervan overtuigd dat er die nacht niets zou gebeuren, bereidde zich voor om zijn broer te verlaten en naar de kazerne te gaan, maar toen hij op het punt stond te vertrekken, klampte hij zich dichter aan de schaduw vast en kneep in Caro's arm zodat hij stil kon zijn. .

Er was net iemand voor de deur van het hotel verschenen en hoewel het licht op dat uur zwak was, herkende Bobs scherpe blik de smokkelaar.

'Mijn hart heeft me niet bedrogen,' mompelde hij. Tymson zal hier als een schaduw verdwijnen.

Tymson had geen aktetas of iets bij zich dat een dergelijk doel aan de kaak stelde. Hij leek gekleed zoals toen hij binnenkwam en het wekte de indruk naar buiten te gaan om de koelte van de nacht op te vangen in plaats van te vluchten.

Tymson keek op en neer totdat hij ervan overtuigd was dat de weg op dat uur verlaten was en in een normaal tempo, zonder haast of nervositeit, verder naar het westen afdaalde.

Aan het einde van de straat en aan de linkerkant, was de Unión Estación, maar op dat uur reed er geen trein. Als u er echter langs loopt en Santa Fe St. oversteekt, bereikt u de rivier en voor de internationale brug.

Bob dacht dat hij Tymsons idee geraden had. Hij zou niet met de trein gaan, maar zou de verschillende boten gebruiken die de reis langs de rivieroever maakten om weg te komen en ergens ver weg van boord te gaan waar ze zeker op hem zouden wachten.

Hij moest het controleren en zo ja, hem op dezelfde manier volgen. Het zou helemaal niet moeilijk zijn om in een van de afgemeerde boten te springen en stroomafwaarts te rennen achter elke boot die de smokkelaar zou kunnen gebruiken.

Toen hij ver genoeg kwam om hem op een afstand te kunnen volgen zonder gezien te worden, sprong Bob achter hem aan, gevolgd door zijn broer en vluchtig langs de gevels van de gebouwen die ze op afstand volgden.

Tymson, die zich geen zorgen maakte over het nemen van voorzorgsmaatregelen, volgde de straat tot het einde, kronkelde rond het station dat stil en donker was, en langs Santa Fe St. bereikte hij de rivier.

De twee Rangers volgden elkaar als wolven op de hielen. Tymson naderde de kust, daalde een beetje af tot hij een van de ladders bereikte en daalde ze af. Aan de voet van de trap die in het water stortte, wachtte een boot op hem.

De smokkelaar sprong op hem af en staande op het dek keek hij met humor naar beneden. Toen wuifde hij gedag met zijn hand en de boot rolde van de oever naar het midden van de stroom.

In de donker genoeg nacht waren de positielantaarns van de boot het enige dat kon worden onderscheiden, de rest werd verward met de zwarte massa van het water.

Bob rende naar de kust, vastbesloten om zo'n gevaarlijk element niet uit het oog te verliezen, en gevolgd door zijn broer bereikte hij de oever van de rivier.

Vlakbij waar Tymson was verdwenen, lag een lange boot met twee mannen erin. Sommige netten die aan de zijkanten hingen, hekelden hen als vissers. Bob wenkte Caro en ze daalden allebei de ladder af terwijl Bob de vissers riep.

'Snel, vrienden, breng de boot hier dichterbij. We hebben het nodig.

"Hey" zei er een ", wij ook. We moeten vissen en ...

"Snel, zonder tijdverlies. Ranger K Division speciale service. De schade die hen wordt aangedaan, wordt vergoed.

Het bevel was streng en het bevel van zo'n harde autoriteit als de rangers kon niet worden genegeerd. De twee vissers lieten zonder enig bezwaar het touw los en maakten het los, zodat de boot de ladder op kon glijden.

Toen ze daar aankwamen, grepen ze de lijn en Bob sprong aan dek, maar een van de vissers gromde:

Hé, welke grap is dit? Je zei dat het Rangers waren...

'Verspil geen seconde of ik gooi je in het water,' brulde Bob. Ik zal het je later laten zien, maar laat die verdomde lijn voor nu los en volg die boot die zojuist is opgestegen. Houd de heklantaarn in de gaten of ik houd je verantwoordelijk voor iets heel gevaarlijks.

Vóór het strenge bevel werden de twee vissers gedwongen om de lijn die in het water viel definitief los te laten en, de roeispanen pakkend, duwden ze de boot naar binnen om het bevel uit te voeren.

De rode lantaarn op de boot waar Tymson op reisde, slonk gevaarlijk en Bob was bang hem in de schaduw van de nacht te verliezen.

'Remen de firme,' beval hij, 'en wanneer ze genoeg reiken zodat hij niet aan hen kan ontsnappen, leg dan de riemen neer en laat de stroming ons meenemen.

Het bevel werd opgevolgd, maar een van de vissers, nog niet overtuigd, gromde:

'Je hebt beloofd ons te laten zien dat je Rangers bent. Ik denk dat we het recht hebben om overtuigd te worden.

Bob knoopte zijn overhemd los en liet hem in het licht van de voorste lantaarn het aan de binnenkant verlichte vierkant zien terwijl hij zei:

'Ben je nu overtuigd? Ik ben sergeant Bob van Divisie K. Heb je niet van me gehoord?

'O ja, sergeant Bob! Maar in dat pak...

"Dat is het minste. Ga je gang, ik moet die boot absoluut in de gaten houden.

'Wat gebeurt er? Een schutter die aan je ontsnapt?

"Iets meer dan dat; een smokkelaar die ik in hechtenis moet nemen.

De boot, niet alleen voortgestuwd door de harde stroming, maar ook door de roeiriemen van de twee vissers, vloog in dikke stromen naar rechts en links over het oppervlak van de rivier, maar Bob was zich niet bewust van het opspatten van het water. Terwijl hij in het midden van de boot stond, keek hij gretig naar Tymsons boot die nu dichterbij was, want die werd alleen maar meegesleurd door de stroming.

Toen hij berekende dat ze voldoende afstand hadden genomen en hem niet uit het oog zouden verliezen, beval hij:

'Doe die lichten uit.

Hé, dat niet. Misschien komen we een andere boot tegen.

"Ik verwacht het niet. Ik wil dat ze niet weten dat we ze volgen. Haal in ieder geval de koplamp naar beneden en laat die hier op de bodem liggen. Dat ze het licht niet zien en niet vermoeden dat we ze zullen bereiken Als ze het beseffen, wordt het niet erg gemakkelijk en wat ik wil is niet op die man jagen, maar hem gewoon volgen.

Het bevel werd met tegenzin gehoorzaamd en de rode voorste lantaarn, eenmaal neer, bleef op de bodem van de boot en schilderde de voeten en benen van de inzittenden in rood.

De vissers hadden hun riemen in de boot laten liggen en werden meegesleurd door de ruisende stroming. Op een afstand van ongeveer zestig meter gleed de boot die naar Tymson leidde nog steeds snel door het midden van de stroom.

Bob, opgejaagd door de jacht, stond in het midden van de boot met zijn blik gericht op de voortvluchtige boot, terwijl zijn broer, zittend op een van de banken met zijn elleboog op het dolboord, ook naar de boot staarde.

De twee vissers, blijkbaar onverschillig voor waar de twee rangers zo bezorgd over waren, hadden zich een naar achteren en een naar voren opgesteld. De ene in de achtersteven had Bobs rug, terwijl de andere Caro op zijn zij had.

En plotseling, toen de twee broers meer afgeleid waren, de opmars van de tegenovergestelde boot volgend, op een gebaar van een van hen, zwaaide degene met zijn rug naar Bob een zware stok die op de bank rustte en tilde hem met woeste stuwkracht op naar laat het. vallen op het hoofd van de sergeant, terwijl de ander zich op Caro wierp.

En het was een geluk voor Bob dat een draaikolk van water de boot deed schommelen en hem overrompelde, hem dwong zijn lichaam naar één kant te kantelen, waardoor hij bijna zijn evenwicht verloor.

Deze zijwaartse beweging verhinderde dat de dikke stok zijn hoofd verbrijzelde, maar het verhinderde niet dat het op zijn linkerschouder belandde.

Met snelle reflexen realiseerde Bob zich dat ze zelf in een dodelijke val waren beland. De boot lag daar als lokaas in afwachting dat Tymson gevolgd zou worden, en de twee vissers waren niets anders dan dienstdoende smokkelaars.

En aangezien Bob zo hard was als vuur, ondanks de hevige pijn die door de klap werd veroorzaakt, bewoog hij snel en weerstond de tweede opstopping van de smokkelaar, die bij het missen van de klap omdat hij ook de onbalans van de boot had geleden, niet rechtop kon blijven Breng snel een tweede slag toe en, de reactie van de boswachter beseffend, probeerde hij hem op welke manier dan ook te grijpen met de bedoeling hem in het water te gooien.

Bob greep hem stevig vast en vochten beiden in dat nauwe en gevaarlijke gevechtsveld in een dodelijk duel, terwijl Caro, verrast, zittend naast het dolboord, worstelde om de druk van zijn vijand die hem in zijn nek probeerde te knijpen kwijt te raken. met gretigheid moordenaars.

De jongen, in een uiterste poging om zichzelf van de dood te bevrijden, slaagde erin zijn knieën tegen zijn borst te duwen en hem terug te trekken. De valse visser kon de druk op de nek van de jongen niet houden en werd gedwongen zijn handen los te laten om onmiddellijk een verschrikkelijke schop op de borst te krijgen die hem naar achteren stuurde.

Maar de breedte van de boot die danste in de harde, ongecontroleerde stroming was zo hachelijk dat de bandiet toen hij viel, zijn ruggengraat op de tegenoverliggende reling sloeg, kantelde en in het water gleed.

De boot slingerde gevaarlijk, Bob en zijn fel opgesloten vijand verloren hun evenwicht, ook zij vielen aan die kant en de boot sloeg hevig om, waardoor het viertal in het water werd gegooid.

Caro sprong als een bal van de andere kant en trok een gelijkenis in de leegte om de schipbreukelingen te volgen.

In een snelle blik op het drama zag Caro haar broer worstelen in de golven zonder los te laten of door zijn vijand te worden losgelaten en hoe de twee even onder water verdwenen. Toen zag hij verward zijn rivaal hard naar hem toe zwemmen en zag een lange, zware riem langs hem scheren.

Instinctief greep hij het om zichzelf te helpen in het water te blijven, net toen zijn rivaal, krachtig zwemmend, naar hem toe kwam. Caro, een goede zwemmer, streelde met één arm, hief de riem op en liet hem op de schedel van de smokkelaar vallen. Deze verdween onder water en zag niet meer.

De stroming dreef hem onstuimig weg en ondanks de angst die de gedachte aan het lot van zijn broer hem bezorgde, bewoog zijn instinct tot zelfbehoud hem ertoe voor hem te zorgen en, zich door de stroming latend, zwom hij voorzichtig.

Geen spoor van de boot en zijn inzittenden. God wist wat er met hen was gebeurd, maar hij hoopte dat zijn broer hetzelfde geluk had gehad en in de rivier zwom.

Hij hief zijn hoofd op en keek voor zich uit. De lichten van de boot waar Tymson aan het reizen was, werden op veilige afstand onthuld en zijn boswachtersinstinct vertelde hem dat hij, ondanks alles, een missie te vervullen had en die moet hij vervullen.

Als het voor hem mogelijk was om te blijven drijven, zou hij de boot volgen tot waar hij landde en zo niet, zou zijn geluk slecht zijn, maar hij zou niet blijven bij gebrek aan moed.

Voorzichtig begon ze de stroming schuin af te snijden om dichter bij de kust te zwemmen. In geval van uitputting zou het voor hem altijd gemakkelijker zijn om te landen dan het centrum van de vloed te moeten overwinnen.

En af en toe zijn hoofd opheffend, keek hij gretig naar de opgejaagde boot, bang dat hij hem uit het oog zou verliezen.

Totdat hij een van de keren opmerkte dat de boot ook beetje bij beetje naar de kant zocht en dit hem vertelde dat hij probeerde te landen.

En zo was het. Bij het bereiken van een plaats waar de rivier een opstuwing vormde, keerde de boot met gevaar om te kapseizen en ging op weg naar de opening waar het opstuwingswater werd geproduceerd. Even leek het erop dat de stuwkracht van het water zou voorkomen dat hij hem tegen de oever zou gooien.

Maar hij werd vakkundig gered en het bootje voer het toch al stille binnenwater in.

Caro, bang om erin te worden gegooid door die mensen te ontdekken, zwom krachtig op zoek naar de kust voordat hij de plaats bereikte waar de boot was doorgedrongen en toen hij tegen een paar wellustige groeiende struiken aanstootte die boven de rivierbedding uitstaken, strekte hij zijn arm uit en slaagde erin zich vast te houden heftig tegen hen. De struik weerstond de trek en Caro slaagde erin dicht bij de grond te komen tot ze erin sprong.

Hij was gebroken, uitgeput, stromend water als een kleine bron, maar zijn ontembare geest bleef intact en hij stond op en besloot naar het zwembad te gaan.

Hij kwam met pijn naar voren en probeerde zich te oriënteren. Het sterrenlicht maakte het moeilijk te bereiken, maar het was een voordeel dat hij niet ontdekt werd.

Tot hij plotseling het geluid van stemmen hoorde en, voorzichtiger naderbij komend, de plaats naderde waar ze spraken. Er waren verschillende mensen die zich hadden verzameld.

En nu dicht bij de groep en dicht bij de grond, kon hij een stem opvangen, die van Tymson, die zei:

'Je gaat verder met de boot naar San Elizario en verbergt hem daar. De rest weet je al. We gaan naar Ciudad de Juárez en over een week in La Mesa. Verspil geen tijd voor het geval iemand heeft geprobeerd ons te volgen, wat ik leek te observeren, hoewel de lichten die we zagen toen we vertrokken snel verdwenen. Hoe dan ook, je moet de rangers de waarde geven die ze hebben en vergeet niet dat ze mij ook een waarde geven.

Caro, die de instructies van de smokkelaar hoorde, werd even geschorst. In de verlegenheid van het schipbreuk had hij zich niet gerealiseerd dat ze aan land waren gekomen op Mexicaanse bodem en om deze reden sprak Tymson over naar Ciudad de Juárez en later naar La Mesa te gaan. Het zou heel gemakkelijk voor hem zijn om New Mexico binnen te komen over de grens en El Paso te passeren en hem achter te laten.

Een geluid van paarden die landinwaarts kwamen, vertelde hem dat de smokkelaar en degenen die op hem wachtten, wegliepen, terwijl de boot half gestrand was in de modder van het binnenwater.

En de dappere jongen vroeg zich af wat hij kon doen. Hij was op het land van Mexico en om terug te keren naar El Paso moest hij de

Grande opnieuw oversteken en een afstand lopen die hij berekende tegen de tijd dat ze op de rivier waren van ongeveer twaalf of veertien mijl. En de prestatie leek hem superieur aan wat zijn uitgeputte krachten konden opleveren.

Hoofdstuk VI

EEN HELDENDE FEIT

Rillend van de kou van het lange verblijf in het water en de constante vochtigheid van haar kleren, wist Caro niet welke beslissing ze moest nemen. Om 's nachts in de rivier te springen om het in die duisternis over te steken en met zijn kracht gebroken, het was te gek. Het minste wat hij kon doen was wachten tot de dag voorbij was en zijn energie een beetje herstelde.

Hij had iets ontdekt; Dit zou erg handig kunnen zijn, aangezien ze een week de tijd hadden om naar La Mesa te komen en in die tijd konden ze terugkeren naar El Paso om verslag te doen van hun odyssee en te organiseren wat nodig was om de bende over te nemen of Tymson te lokaliseren, maar er waren andere, meer directe dingen die zijn aandacht vervulden.

Een daarvan was de angst om het lot van zijn broer niet te kennen. Bob was taai, energiek, moedig tot op het punt van roekeloosheid, maar de rivier had stoere mannen zoals hij opgeslokt en hij kon niet uitsluiten dat het ongeluk hem had getroffen.

Alleen al door erover na te denken, verscheurde de pijn zijn borst. Wat zou er thuis gebeuren als zijn moeder en zus hoorden van Bobs pech?

Het is waar dat hij op het punt stond dezelfde pech te ondergaan, maar hij was gered en de straf om groot te zijn zou niet paroxysmaal zijn.

Dan zou hij denken aan de spot waar ze het voorwerp van waren gemaakt. Zijn broer had, ondanks zijn kennis en sluwheid, zichzelf in die dodelijke val opgesloten en zijn vijanden zouden enorm om hen lachen, hoewel het mogelijk was dat sommigen van degenen die de valse vissersboot bemanden, in het bijzonder degene die hem met roeien sloeg, ze deden het op de bodem van de rivier.

Maar blijkbaar was de bende lang en bestond uit mannen van staal. Zijn twee felle vijanden hadden het bewezen, en daar had hij naast zich twee anderen die niet te minachten waren.

En ineens bedacht hij een gek project. Hij had de boot nodig om comfortabeler de rivier over te steken en als er een manier was om om dat stel ongewenste gasten te pakken te krijgen, zouden hun rapporten misschien zeer waardevol zijn, afgezien van het feit dat, als hij erin slaagde de prestatie te volbrengen, het heel gemakkelijk dat hij een beloning waard zou zijn die hij goed zou hebben gewonnen.

De twee bemanningsleden van de boot leken geen haast te hebben om het binnenwater te verlaten om op de rivier verder te gaan naar hun bestemming. De nacht was erg slecht om over de barrière te manoeuvreren en de werveling van de rivier om het binnenwater te verslaan en te vormen, en voorzichtigheid leek hen te adviseren te wachten op het daglicht.

Dit zou erg gevaarlijk voor hem zijn als hij daar niet weg zou komen, omdat ze hem zouden kunnen ontdekken en de onevenredigheid van de strijdkrachten zou enorm zijn. Hij was moe en ongewapend en die twee mannen met een revolver om hun middel in alle veiligheid.

Maar hij werd achtervolgd door het idee om ze te pakken te krijgen. Het zou een spectaculaire en moedige klap zijn die hem zou eer bewijzen in de ogen van zijn teamgenoten en in het bijzonder zijn aanvoerder. Hij was nog steeds niet geschoten, hij had de bloeddoop van de Rangers niet ontvangen en hij moest duidelijk maken dat zijn broer hem niet tevergeefs had vertrouwd.

De twee schippers waren dicht bij de kust gebleven zonder te beslissen over hun houding. Ze leken veel te mediteren en beiden waren stil.

Tot iemand vroeg:

'Wat moeten we doen, Jacobus?

"Ik weet het niet. Ik ga niet graag naar de rivier in deze duisternis. Je weet hoe gevaarlijk het is om met de vloed in aanvaring te komen en de boot erin te laten liggen. Overdag zijn er meer mogelijkheden en als er iets gebeurt, we konden beter op het land zwemmen.

'Je hebt gelijk, maar wat doen we hier alleen? Er zijn ten minste drie uur tot zonsopgang.

"Wat als we een tijdje gaan slapen tot zonsopgang? Er is hier geen ziel en we kunnen het veilig doen.

'Nou, je hebt me op een idee gebracht. We hebben alle tijd om met de anderen de boot te nemen en terug te keren naar de plaats van de afspraak. Nou, laten we een plek zoeken om te gaan liggen. We hebben de nacht wakker gelegen en drie uur rust zal niet slecht voor ons zijn.

Toen Caro ze hoorde, plofte ze neer tussen de wilgen die aan de rand van het meer groeiden. Hij kon niet natter zijn dan hij was, en hij kon niet iets meer dan een beetje minder in het water komen.

Het zou niet daar zijn waar de smokkelaars hun geïmproviseerde bed zochten, zoals ze dat op droge grond zouden doen, weg van de vochtigheid.

Vanuit zijn schuilplaats kon hij de bewegingen van een van hen volgen. Hij cirkelde binnen het bereik van zijn blik op zoek naar de juiste plek om zijn mat te improviseren.

Eindelijk zag ze hem ongeveer twintig meter voorover buigen, bladeren opstapelen aan de voet van een lange struik en een deken uitspreiden, die hij van de boot ging halen. Het bed geïmproviseerd, hij ging erop liggen klaar om te profiteren van die drie uur.

Hij kon de metgezel niet zien, maar hij voelde hem niet te ver bewegen, totdat hij uiteindelijk de gewenste plaats moest vinden omdat hij ophield met lawaai maken.

Toen riep hij:

'James, zodra de zon ons gezicht raakt, naar boven.

"Maak je geen zorgen. Met een lichte slaap ben ik klaar.

En ze veranderden geen woord meer.

Caro glipte uit de wilgen en koos voor minder modderige grond. De koorts die hem deed denken dat hij dat paar onwenselijke dingen kon overnemen, deed hem de fysieke kwellingen van zijn situatie vergeten en hij voelde zich nieuw leven ingeblazen om de prestatie te volbrengen. Maar hij zou een redelijke tijd moeten wachten voordat die twee jongens door de slaap waren overmand. Hij had het nodig omdat hij niet met beide tegelijk kon vechten.

Hij telde de minuten, het leek hem eeuwen hoe lang het duurde om te verstrijken, hij wachtte in een vreselijke staat van nervositeit. Hij zou een gevaarlijke truc uithalen en als hij hem in het minst in de steek had gelaten, zou het zinloos zijn geweest om zichzelf van de verdrinkingsdood te redden als hij doorzeefd met kogels viel.

Eindelijk, verslonden door ongeduld om deze benarde situatie voor eens en voor altijd op te lossen, bewapende hij zich met een dikke, puntige steen die hij tussen de wilgen had gevonden en begon over de grond te kruipen als een reptiel dat boog om de slaper van achteren te naderen. Hij liep minder gevaar om gezien te worden en zou het hoofd van de smokkelaar dichter bij de hand hebben om genadeloos toe te slaan.

Omdat zijn succes erin bestond hem te verrassen en teniet te doen met een felle slag die hem niet toestond te schreeuwen.

Als het hem lukte, zou hij hem de revolver ontdoen en met een pistool in zijn hand was hij niet bang voor de ander als het hem niet lukte hem ook slapend te jagen.

Zijn adem inhoudend, soepel voortbewegend om geen geluid te maken, won hij terrein. Beetje bij beetje was hij de kloof aan het dichten en er kwam een moment dat hij zich op minder dan een meter van zijn vijand bevond.

Hij stopte om op adem te komen, ging toen nog wat verder, ging op zijn knieën zitten, tilde de steen met een zekere arm op en koos de plaats van de slag.

De steen groef in de zijkant van het voorhoofd van de smokkelaar en opende een goede opening waardoor het bloed stroomde. De smokkelaar huiverde en kromp tragisch ineen, en Caro's hand greep de nek van zijn slachtoffer voor het geval ze nog kon schreeuwen, maar er was geen druk nodig, want dat gebaar was het enige dat hij kon uitvoeren.

Caro hapte naar adem en doorzocht het middel van de gewonde man. Daar was de revolver, een .45 Colt met een zware ijzeren kolf, en hij greep hem gretig vast. Nu, met hem in de hand, geloofde hij dat hij onkwetsbaar was.

Deze keer kroop hij niet over de grond, maar liep hij zwijgend op zijn voeten, op zoek naar de ongewenste ander. De revolver was een goede rem als hij de pech had vroeg ontdekt te worden.

Eindelijk vond hij het. Zo zelfverzekerd als zijn partner op zijn rug sliep. Caro liep op haar tenen naar voren en zwaaide nu met haar revolver bij de loop. Het leek effectiever om te slaan zonder de kolf van de revolver te doden, uit angst dat de steen meer had veroorzaakt dan een black-out voor de andere smokkelaar.

Hij viel op zijn knieën, hief zijn arm op en sloeg toe.

Toen de schurk de klap kreeg, slaakte hij een indrukwekkend gehuil en had de moed om te proberen op te staan, maar een tweede klap op de schedelbasis maakte hem op een fulminerende manier teniet.

Caro stond glimlachend op. Hij had een waanzinnig geluk gehad om zijn gedurfde plan uit te voeren en nu voelde hij zich bezeten door zo'n grote vreugde dat hij door zijn zenuwen alle symptomen van vermoeidheid van hem had weggenomen.

Het moeilijkste is behaald. Nu hoefde hij alleen nog maar een touw in de boot te vinden, ze vast te binden en goed te knevelen en naar de boot te slepen.

Eenmaal erin bedekte hij ze met dekens om geen aandacht te trekken en haalde hij de boot uit het binnenwater. Stroomopwaarts gaan met die lading was absoluut onmogelijk, maar hij hoopte dat er vanwege het rivierverkeer een vrachtschip of stoomlancering stroomopwaarts zou komen. Als dat zo was, zou hij, gebruikmakend van zijn status als ranger, om een lijn vragen om de boot vast te binden en hem naar El Paso te slepen.

Toen de dageraad aanbrak en hij de gewonden naderde, was hij onder de indruk. Beiden hadden diepe wonden op het hoofd waaruit bloed stroomde en, niet wetend hoe de kleine bloeding te stoppen, koos hij ervoor om stukjes gras in de sneden van de wonden te leggen. Het kompres was niet erg effectief en gezond, maar voor een deel slaagde het.

Toen sleepte hij ze naar de kust en verzamelde de dekens. In de boot vond hij touwen die dienden om ze goed vast te binden en toen deze wijze voorzorgsmaatregelen eenmaal genomen waren, zag hij ze en wilde ze in de boot doen.

Verscheidene keren stond hij op het punt hem omver te werpen, maar ten slotte, zwetend als een veroordeelde, legde hij ze op de bodem en bedekte ze met de dekens.

En toen de zon al begon te schijnen, ging hij aan de riemen zitten en wierp zichzelf uit het zwembad in een zeer gevaarlijke manoeuvre die de boot zou kunnen doen omslaan en de drie in het water zou kunnen sturen.

Maar hij was geen rookie in deze strijd. Hij had veel in die rivier geroeid en er veel in gezwommen en met geduld en vaardigheid, waarbij hij zijn zenuwen en intuïtie aan het werk zette, slaagde hij erin de schok van het water te overwinnen en de stroming in te gaan.

Ze begon de boot stroomafwaarts te slepen en Caro probeerde de vaart tegen te gaan met de riemen. Het was een gigantische taak die hij niet kon volbrengen.

Hij keek angstig terug. Een dikbuikige, gedrongen schuit sjokte de rivier op. Caro, met alle kracht die ze in haar stem kon leggen, schreeuwde:

'Hé, van de schuit! Een korporaal, laat een touw vallen of de vloed zal me wegvoeren!

Een bebaarde bootsman merkte het op en gooide een dik touw dat eindigde in een brede lus en riep:

"Let op, ik verlies touw.

Caro greep de boog met haar linkerhand stevig vast en hief haar rechterarm op. De bootsman gooide vakkundig het touw naar hem toe en Caro wist het door het gat in het touw te grijpen. De schok die hij voelde toen de boot stilstond, leek zijn arm af te scheuren, maar hij hield stand en de boot stopte met stroomafwaarts glijden.

Hij stak het touw door de helmstok en hield het zo vast dat het er niet af zou vallen, en al snel zag hij zichzelf achter de schuit die eraan werd getrokken.

De schipper van de boot naderde en vroeg:

'Waar was je in godsnaam van plan om met die boot stroomopwaarts te gaan?

"Naar El Paso.

'Nou, je zou zijn aangekomen toen de kikker haren kreeg. Wat draag je onder die dekens? Je gaat me niet vertellen dat het smokkelwaar is.

'Bijna, baas. Kijk ernaar om je te overtuigen.

En hij tilde een houweel op van een deken met daarop het hoofd van een van de smokkelaars.

De baas, die haar helemaal bloederig zag, brulde:

"Bij de baard van de profetische! Wat betekent dat?

'Schrik niet, baas. Weet jij dit? Hij opende zijn natte overhemd en liet hem de badge zien. De baas was goed bekend met de insignes van het korps.

"Brander?

"Dat klopt. Ik heb op twee gevaarlijke elementen gejaagd en het is me gelukt om ze weg te jagen van El Paso; ik had geen ander vervoermiddel dan de boot en ik moet ze daar zien te krijgen.

'Nou boswachter, dat is iets anders. We komen halverwege de dag aan in El Paso.

De schipper maakte zich geen zorgen meer over zijn sleep. Rangers waren te serieus en mensen die niet bang voor hen hoefden te zijn, bewonderden en waardeerden hen.

Caro was bezeten van buitengewone vreugde. De prestatie die hij zojuist had geleverd, zou door zijn broer met trots zijn ondertekend en hij was er zeker van dat het een sensatie zou veroorzaken in de kazerne.

Maar haar vreugde werd verpletterd in verdriet toen ze de figuur van haar broer aanriep. Als hij in de rivier was gestorven, zou dit allemaal onverschillig zijn, want voor hem en zijn gezin was het leven van Bob boven alles.

Maar aangezien hij nog niets specifieks wist, hoopte hij dat Bob net als hij uit het gevaar was opgestaan, en als dat zo was, zou de reis voor hen allebei een glorieuze reis zijn geweest.

Zoals de schipper van het schip had voorspeld, arriveerde het schip rond het middaguur in El Paso.

Caro keek ernaar uit om aan te komen omdat, hoewel haar kleren gedeeltelijk waren opgedroogd door de werking van de ochtendzon, ze vochtig en plakkerig aanvoelden op haar vlees, waardoor ze een nerveus gevoel kreeg, afgezien van het feit dat haar maag aandacht eiste die ze was er niet toe in staat geweest. aanbod.

Daarbij kwam het verlangen om te weten of zijn broer van de catastrofe was gered en weer in de stad was. Als dat zo is, moet Bob ook van streek zijn geweest omdat hij niet het minste nieuws van hem had.

En ten slotte verlangde hij ernaar om van die vervelende last af te zijn en ze goed bewaakt te zien in een van de kazernecellen.

Het schip kwam aan bij de oever van de rivier en meerde af. De baas, die zich tot Caro richtte, gaf aan:

'We zijn gearriveerd, Jager; wat nu?

"Wil je het volledige plezier doen?

"Waar gaat het over?

'Dat een van zijn lossers kijkt of er een collega-bewaker op de promenade is en zegt dat hij moet komen. Ik heb hulp nodig.

'Wacht, ik beveel ze hun metgezellen te zoeken.

Twintig minuten later leunde een geüniformeerde ranger over de rand van de promenade.

Wie vraagt om mijn hulp? "Ik vraag.

Caro gaf met haar hand aan:

'Ga naar beneden en stap op de boot. Hier zal ik het je vertellen.

De ranger daalde de ladder af en stapte in de boot. Caro stelde zichzelf voor en zei:

"Omdat ik net bij het korps ben gekomen, zijn we niet bekend. Mijn naam is Caro Reggs en ik ben de broer van sergeant Bob.

"Zo leuk je te ontmoeten. Ik hoorde dat een broer van de sergeant binnenkwam, maar ik had niet het genoegen gehad hem te zien.

"Het punt is dat zodra ik binnenkwam een dienst werd bevolen waarin ik me in burgerkleding moest kleden en niet op de kazerne moest verschijnen, zodat ze mijn persoonlijkheid niet zouden identificeren. Hier is mijn insigne.

'Genoeg, vertel me wat je wilde.

'Weet je of mijn broer naar de kazerne is teruggekeerd?

"Ik heb hem niet gezien. Vanmorgen nam ik de dienst, maar ik heb hem niet gezien. Het is waar dat ik niet tot uw bedrijf behoor.

"Ik was er bang voor. Er is gisteravond iets dramatisch met ons gebeurd op de rivier en ik ben bang dat hij is verdronken.

"Zeg dat niet.

'Ja, het verhaal is lang, maar ik heb geen tijd om het te vertellen. Ik moet dit hier weghalen en naar de kazerne brengen.

Hij tilde de dekens een stukje op en liet de lichamen van de twee smokkelaars zien. De boswachter huiverde bij zijn indrukwekkende verschijning.

"Stralen van de hel! Waar heb je dat gevonden?

'In de rivier. Ik moest ze uitschakelen omdat mijn revolver het niet deed. Het zijn wapensmokkelaars.

"Goede service, maat. Wat moet ik doen?

"Ik denk dat het het beste is als je teruggaat naar de kazerne, Kapitein Walter zoekt en hem vertelt dat Caro, de broer van sergeant Bob, in een boot naast de zeewering zit met twee gewonde en kansarme smokkelaars die daarheen moeten worden overgebracht. . Hij regelt wat hem het beste uitkomt.

"Nou, ik laat het je nu meteen weten.

Een half uur later verscheen de kapitein met vier rangers die stokken en zeilen droegen om twee brancards te improviseren. De kapitein daalde af in de boot en begroette Caro met de vraag:

'Wat breng je mee, jongen?

"Dit.

De kapitein wierp een blik op hen en zei;

'Nou, we praten later. Het eerste is om deze aas te nemen. Waar is je broer?

'Dat zou ik graag willen weten. Dat vrees ik op de bodem van de Grote.

"Hé? Wat zeg je?

'Ik weet het niet. Het was verschrikkelijk, kapitein, en ik ben bang...

'Nou, praat nu niet. We gaan dit uitzetten.

De rangers verzamelden snel de brancards, de lichamen van de gevangenen werden verwijderd en erop gelegd en kort daarna gingen ze naar de kazerne.

De nieuwsgierigen hadden geprobeerd om aan de voet van de promenade rond te dwalen om de operatie van de Rangers te bekijken, maar degene die de waarschuwing had gebracht, deed er alles aan om ze op afstand te houden zodat ze de manoeuvre niet zouden hinderen en vooral , zodat ze er zo min mogelijk over te weten zouden komen. dingen die schadelijk kunnen zijn om openbaar te worden gemaakt.

Hoofdstuk VII

EEN MAN VAN ZENUW

Toen ze bij de kazerne aankwamen, leidde de kapitein Caro zijn kantoor binnen en ondervroeg hem:

'Kom op, jongen, vertel me alles wat er is gebeurd.

Caro, haar stem afgekapt door de pijn dat ze niets van haar broer had gehoord, gaf een gedetailleerd verslag van hun odyssee die nacht op de rivier. Het was een dramatisch verhaal dat de kapitein met al zijn nuances op prijs stelde.

En hij was blij met het graan, het lef, de durf en de moed van de nieuwe Jager die tot zijn dienst stond. Hij had de familietraditie niet verloochend en had een bloeddoop op zijn lichaam gekregen die een zeer prominente vermelding in het dagelijkse rapport zou verdienen.

"Bravo, jongen! "Hij reageerde enthousiast", je hebt je geweldig gedragen en ik ben er trots op dat je tot mijn bedrijf behoort. De prestatie is een ranger waardig geweest en dat maakt je tot een van de besten.

"Je hebt iets heel nuttigs gedaan, niet alleen om de smokkelaars op te sporen, maar ook om de verblijfplaats van je partner Harry te achterhalen, die we niet aan deze schurken kunnen overlaten. Tymson is heel slim geweest, dat geef ik toe en hij heeft laten zien dat hij niets aan het toeval vertrouwt.

»Hij weet dat hij wordt bespied en was bereid om elke vervolging te ontlopen. Hoe dan ook, deze keer is zijn sluwheid gebroken en heeft hij iets in onze handen achtergelaten.

Nu weten we dat er over een week iets wordt voorbereid in La Mesa en tenzij het gebrek aan deze jongens hen op hun hoede maakt en hun plannen veranderen, kan er iets worden gedaan.

"Als de dokter die padden behandelt en ze komen tot zichzelf, zullen we zien wat ze van binnen hebben om vrij te laten, maar in de tussentijd voel ik me net zo ongemakkelijk als jij over het lot van je broer en ik ga onmiddellijk bevel geven zodat een het record wordt overal in de rivier geverifieerd en vraag informatie aan de steden aan de rivier voor het geval ze er een hadden kunnen bereiken, of als ze een lijk in de rivier hadden ontdekt. Het zou een pijnlijk verlies zijn voor ons allemaal als Bob was verdronken. Ik weet dat hij was een uitstekende zwemmer, maar het hing allemaal af van zijn gevecht met de smokkelaar en hoe hij fysiek was om het momentum van de rivier te redden.

"We moeten de hoop niet verliezen, jongen, want zolang er geen zekerheid is over zijn dood, is het mogelijk om over hem te weten.

"Mijn God, wat zeg ik nu thuis? Voor mijn moeder zal het een verschrikkelijke klap zijn.

"Ik denk dat het verstandig is om er nog niet heen te gaan. Zolang we geen zekerheid hebben over haar verdwijning, is het niet nodig haar te alarmeren en te ergeren als er later niets is gebeurd. Het slechte nieuws, hoe later hoe beter.

"Wat jou betreft, je moet overgegeven en gebroken worden, en een rust is goed voor je. Ga naar de mat en probeer een paar uur te slapen; wij zorgen voor de rest.

Overmand door emotie, zenuwen en uitputting trok Caro zich terug in de slaapzalen en al snel hoorden de hele kazerne met de daaruit voortvloeiende angst de verdwijning van sergeant Bob.

Kapitein Walter beval de mobilisatie van alle beschikbare mannen, zowel de dienstdoende franken als degenen die geen onvermijdelijke missie hadden, en paren ruiters in volle galop verdwenen langs de oever van de rivier om de verblijfplaats van sergeant Reggs te onderzoeken.

Zijn odyssee was net zo dramatisch geweest als die van zijn broer, zij het in een andere zin.

Bob viel in een felle omhelzing in het water met de smokkelaar die hem had geslagen. Ondanks de pijn in zijn schouder van de klap die hij kreeg, kreeg zijn ruwe karakter de overhand en stortte hij zich in de strijd, klaar om zijn vijand, die ook niet zacht was, te domineren. De twee, als twee hondsdolle katten, hadden elkaar hevig vastgepakt terwijl ze probeerden elkaars nek te pakken te krijgen om het gevecht te beslissen.

En in deze harde omhelzing werden ze verrast door de val in het water. Bob, die op dat moment het slechtste deel had omdat zijn linkerarm niet met de nodige kracht en stijfheid reageerde, voelde de druk van de handen van zijn vijand, terwijl hij deze probeerde te bevrijden met zijn knieën tegen de maag en dus, toen hij viel , zag hij geannuleerd om het nieuwe gevaar het hoofd te bieden.

De vloed rolde ze als een bal, waardoor ze bij de slag rollen en onderdompelen. Instandhoudingsinstinct dwong de smokkelaar om zijn prooi los te laten om te zwemmen en te drijven.

Bob, die van de druk verlost was, stond op het punt niet meer te kunnen drijven. Hij voelde een grote verstikking en probeerde mechanisch te ademen om lucht in zijn longen te krijgen en het was het water dat zijn mond binnenkwam, op het punt om hem te verstikken.

In een brute reactie zwaaide hij met zijn benen om naar de oppervlakte te komen en slaagde. Nu hij vrij was, zoog zijn hoofd vol gretigheid en hij probeerde naar de kant te zwemmen. Zijn schouder deed verschrikkelijk pijn en hij was bang dat hij niet lang zou kunnen blijven drijven zonder de juiste hulp van zijn zere arm.

En toen hij zich door de stroming liet meeslepen en met de ene arm zwom om de andere te laten rusten, sprong er iets op hem; het was het lichaam van zijn vijand dat, toen het ook onder water tevoorschijn kwam, door de vloed werd weggevaagd.

De smokkelaar zwom krachtiger, misschien omdat hij niet belemmerd was, en Bob had het gevoel dat hij bovenop hem probeerde te komen om te zien of hij hem eindelijk kon laten zinken.

Instinctief dook Bob om hem boven zijn hoofd te laten passeren en kwam er enkele meters later weer uit, struikelend over het lichaam van zijn vijand toen hij aan de oppervlakte kwam.

En instinctief stak hij zijn hand uit terwijl hij met de pijnlijke man zwom. Terwijl hij hem uitstak, struikelde hij over de laars van de smokkelaar en greep hem stevig vast. Zijn vijand, die zich gegrepen voelde en de beweging van die riem zo nauwkeurig voor zijn redding ontbeerde, probeerde zich te roeren, maar Bob, met de granieten hardheid van zijn aard en karakter, haalde diep adem, ademde lucht in zijn longen en dompelde zich onder hij kon slepen. achter hem het lichaam van zijn vijand bij de laars gegrepen.

Het schudde krampachtig onder water, maar Bob zwom hevig zo goed als hij kon, bereid weerstand te bieden totdat zijn longen niet meer van zichzelf gaven en toen hij het niet meer aankon, liet hij zijn greep los en kwam naar de oppervlakte.

Hij heeft de smokkelaar niet meer gezien. Hij wist niet of hij was verdronken of weggespoeld door de stroming, maar meer had hij niet kunnen doen om wraak te nemen.

En toen begon zijn strijd voor redding.

Elke keer dat hij probeerde te zwemmen en de stroom afsneed, voelde hij zich erdoor aangetrokken en kon hij het niet overwinnen. Dit dwong hem om stroomafwaarts verder te gaan, een beroep doend op zijn geweldige zwemvaardigheden.

Soms draaide hij zich op zijn rug en zorgde hij ervoor dat hij met minimale inspanning bleef drijven om energie te krijgen, omdat hij niet voor onbepaalde tijd in het water zou kunnen blijven. Op een gegeven moment zou het moeten landen of het zou voorgoed zinken.

En dus ging hij duizelingwekkend weg zonder te weten waar de rivier hem heen voerde, of dat hij er ooit uit zou kunnen komen. Ik probeerde angstig iets te zien. Het zicht was erg slecht in het sterrenlicht en hij had geen idee van het landschap. Alleen schaduwen sneden vaag in de vage blauwe gloed van de nacht die vaag voorbijging voor zijn koortsrode ogen en hij zag niets meer.

Plotseling voelde hij een dreun op zijn voeten. Hij had het gevoel dat het zijn vijand kon zijn die hem had bereikt en hij probeerde het tragische spel terug te geven en hij keerde zich om op het moment dat wat hem in het water had geraakt, langs een van zijn flanken naar beneden begon te glijden. De aanraking die het maakte, deed hem begrijpen dat het een boom was die door de stroom werd gedragen en hij strekte snel zijn hand uit.

Een van de overhangende takken trof hem in de arm. Snel greep hij hem en hield de kofferbak vast om te voorkomen dat hij naar voren ging en zo goed mogelijk manoeuvreerde, hij slaagde erin zich eraan vast te klampen en nam hem als een dobber.

Dat ontlastte hem enorm. Hij stond op het punt flauw te vallen en die voorzienige boom zou zijn redding kunnen zijn.

En het was. Iets verder vormde de rivier een scherpe bocht; De stroom duwde de boom door de bocht en toen hij de richel raakte, bleef hij ergens aan haken. Bob, zonder een minuut te verspillen, beseffend dat hij het land twee stappen verder had en het niet kon verliezen, liet de boom los en zwom woest voordat het water in de draaikolk in de bocht hem terug op zijn beurt sleepte.

En hij zonk half naar de bodem, maar met werk kwam hij eruit en bereikte pijnlijk de kust.

Toen hij op het droge stapte, vervaagden de brute energieën die hem in het gevecht hadden gehouden; hij voelde zijn ogen troebel worden, zijn spieren verstijven en zijn vlees leek in slappe vodden te veranderen.

En terwijl hij een paar aarzelende stappen zette, viel hij op zijn gezicht, zonder gevoel aan de grond vastgeklemd.

De zon scheen behoorlijk hoog toen de warmte die haar stralen hem gaven hem nieuw leven inblies. Hij kwam langzaam weer tot leven, zich nauwelijks bewust van zijn situatie en het kostte hem werk en moeite om zijn helderheid terug te krijgen. Toen hij eindelijk al zijn zintuigen hervonden, begon hij zich de gebeurtenis detail voor detail te herinneren en zijn donkere en harde gezicht weerspiegelde de meest pijnlijke angst.

Slecht voor goed, gehavend, verslagen, pijnlijk en slap, hij was gered. Het was een titanenwerk geweest, maar het was hem gelukt; maar wat was er van Caro geworden? Nu herinnerde ze zich hem voor het eerst sinds ze in de golven van de Grote was gevallen.

En de pijn verpletterde hem. Caro had de aanval van zijn vijand niet kunnen weerstaan, laat staan een duik in de Rio Grande midden in de nacht.

En hij dacht aan zijn moeder en zus, aan de pijn die hen zou overkomen als ze hoorden van de tragedie en de verantwoordelijkheid die deze dood op hun schouders zou leggen omdat ze Caro ertoe hadden gebracht zich bij de rangers aan te sluiten.

Alsof zijn lichaam van steen was, kwam hij met moeite overeind. Hij was doorweekt van het water, uitgeput, en zijn linkerschouder deed ondraaglijk pijn, ongetwijfeld omdat hij nu sterker opzwol door de klap.

Met moeite naderde hij de rivier. Het gleed onstuimig en het was niet nodig te denken dat een schip dat erop klom de oevers zou kunnen naderen om het op te rapen, want het was gevaarlijk maar onmogelijk.

Hij zou zijn eigen middelen moeten gebruiken om verder te gaan en El Paso te bereiken wanneer en hoe hij maar kon. Maar hij was zo uitgeput dat hij moest opladen voor die wandeling. De rivier had hem een paar mijl van de stad verwijderd en hij wist niet hoe hij daar moest komen.

Die plaats was verlaten. Het was allemaal open grasland en de dichtstbijzijnde stad moest lager liggen, hij wist niet hoe ver weg. Zijn odyssee zou dubbel pijnlijk zijn, omdat de lengte van de mars hem moe, hongerig en pijn zou maken.

Maar hij kon geen tijd verspillen. Hoe meer hij zijn kwelling verloor, hoe groter het zou zijn en hij moest het inkorten.

Zijn enige hoop was dat een Boswachter die wacht langs de rivier zou ver genoeg afdalen om hem te ontdekken.

En terwijl hij zijn pijn verdroeg, begon hij langzaam naar het noorden te lopen.

De mars was moeilijk. Het was bijna halverwege de middag toen hij zijn krachten had uitgeput en hij zich flauw voelde. Hij kon niet verder en zou gedwongen worden op het gras neer te ploffen en nog een nacht van kwelling door te brengen. En toen hij uitgeput was zakte hij op de grond in elkaar, hij ving de galop van een paar paarden op. Als geëlektrificeerd stond hij op en zocht naar de bron van die galop.

Zijn vreugde was onuitsprekelijk toen hij ontdekte dat het een paar Rangers was. Toen ze hem ontdekten, galoppeerden ze hem tegemoet.

'Sergeant Reggs, sergeant Reggs!

'Hallo jongens, hoe gaat het hier?

'Goeie hemel, hoe gaat het, sergeant! Maar godzijdank leeft hij tenminste nog.

'Dat klopt, jongens. Je gaat me niet vertellen dat je naar me op zoek was.

'Natuurlijk zochten we u, sergeant. Er lopen twintig mannen over de rivier naar hem op zoek.

'Hoe wist je dat het hier in de buurt kon zijn?

"Voor zijn broer Caro.

"Hé? Duur? Is mijn broer gered?

"Ja, sergeant. Hij verscheen 's middags in El Paso met een boot en twee smokkelaars die hij had vernietigd door hun hoofd met een steen in te slaan. Het is iets groots geweest volgens wat ze ons hebben verteld en hij was degene die zei dat ze in de rivier waren gevallen en daarom zochten we hem hier.

Bob, met tranen in zijn ogen, viel op zijn knieën en dankte de hemel voor Caro's redding. Toen smeekte hij om water en iets te eten, dat hij met een hevige eetlust verslond.

Meer getroost stapte hij op een van de paarden en vroeg om details van de odyssee van zijn broer, maar niemand kon ze geven omdat ze onwetend waren van alles wat er was gebeurd.

En het was al nacht toen ze de kazerne binnengingen waar kapitein Walter, somber en nerveus, door de binnenplaats liep die gedomineerd werd door het grootste pessimisme over het lot van de sergeant.

Zijn vreugde was enorm toen hij hem zag binnenkomen en naar hem toe kwam, riep hij uit:

'Eindelijk, Bob, je hebt ons met onze ziel op sleeptouw!

'Het spijt me, kapitein, ik... maar alsjeblieft, waar is mijn broer?

Het geschreeuw dat opkwam bij de aankomst van de sergeant maakte Caro ongerust, die op de binnenplaats leek te rennen. Toen ze Bob zag, sprong ze naar hem toe en zonder een woord te kunnen zeggen, omhelsde ze hem stuiptrekkend. Bob voelde zijn ogen zich vullen met tranen en streelde haar haar, zeggende;

'Wat ben ik blij, Caro! ik dacht dat...

'En ik? Wat heb ik geleden door aan jou en de onze te denken.

'Nou, het is nu allemaal voorbij. Houd stand.

De kapitein, wijzend op de loodsen, beval;

'Bob, kleed je om en kleed je een beetje aan. Als je klaar bent, kom dan naar mijn kantoor; jij ook, Caro.

Een half uur later werden de drie herenigd in het kantoor, waar de twee broers hun avonturen afzonderlijk aan elkaar vertelden.

Bob, erg trots om te horen van Caro's prestatie, zei:

'Mijn kapitein, ik hoop dat u tevreden was met de test. Ik was er zeker van dat mijn broer me niet op een slechte plek zou achterlaten.

"Niet. Hij is dapper geweest en zal te zijner tijd zijn beloning krijgen. Nu, waar je aan moet denken, is profiteren van de gegevens die door Caro zijn verzameld en Harry niet in de steek laten. Hij loopt ook groot gevaar voor meewerken aan de operatie.

"Natuurlijk. Harry heeft ook de moed van een ranger en ik erken zijn verdienste. We zijn een beetje een held geweest door geweld, maar hij doet het in koelen bloede, op zoek naar gevaar. Ik hoop dat dit helpt, zodat we niet verliezen contact met hem opnemen als we de bemanning vinden.

'Heb je dat paar gieren al ondervraagd?

De een is nog niet tot bezinning gekomen en de ander zal, denk ik, niets kunnen zeggen. De dokter vindt hem zeer ernstig en wantrouwt dat hij gered zal worden.

"Een gier minder. Zolang de ander kan praten...

'Vertrouw niet te veel, sergeant. De meeste van deze mannen zijn zelfgecontroleerde dummies. Ze weten alleen hoe weinig hun wordt verteld of bevolen en Tymson zal hen niet vertrouwen met het uitleggen van zijn plannen. Maar ze zullen iets weten, bijvoorbeeld waar de bende is, zijn schuilplaats en misschien waar de smokkelwaar is. Iets om u te helpen ze beter te lokaliseren.

"We zullen het proberen. Nu is het belangrijkste om te zien hoe deze mensen worden gecontroleerd en zich in La Mesa bevinden. Als Tymson de drie of vier mannen mist die hij tijdens zijn ontsnapping heeft verloren, zal hij erg op zijn hoede zijn en zijn plannen wijzigen. Ik weet niet zeker of we het in La Mesa zullen vinden, en nog minder, smokkelwaar. Ik denk dat we nog veel botten hebben om aan te knagen.

"Zolang het bot dicht bij de tanden zit, knagen we eraan.

"In dat geval moet je van zoveel vermoeidheid uitrusten en herstellen. Laat de dokter naar die schouder kijken die zoveel pijn doet en we zullen het te volgen plan bestuderen.

Bob moest gaan liggen en de dokter onderzocht zijn schouder. Hij had geen gebroken botten, maar hij had wel een grote zwelling van de klap.

De dappere sergeant sliep die dag weinig en slecht. De koorts greep hem en zijn temperatuur steeg enorm en de dokter voorspelde dat hij over een week niet in staat zou zijn om in actieve dienst te dienen.

Dit was in strijd met de kapitein die hem de te verrichten dienst wilde toevertrouwen. Een week was lang, gezien het tijdgebrek.

Hij dacht aan Caro, maar de jongen, hoewel moedig en taai, miste ervaring voor bepaalde diensten en zou gedwongen worden de missie aan een andere sergeant toe te vertrouwen.

Die nacht probeerde hij de gewonde smokkelaar te ondervragen. Hij bleef volhouden dat hij heel weinig wist van Tymsons zaken. Ze hadden hem naar El Paso gestuurd om zijn baas mee te nemen in de boot toen hij klaar was om te vertrekken en hij wist pas dat hij zich een week later zou moeten concentreren op La Mesa, waar hij zijn partner ontmoette.

Maar de kapitein belegerde hem met vragen.

Waar kwam de boot vandaan? "Ik vraag.

"Van San Elizondo. Daar beval hij ons om hem te gaan zoeken.

'En degene die hier op de promenade was achtergelaten toen je loskwam?

'Ik ken geen andere boot.

"Het lijkt erop dat je niets wilt weten en dat is heel gevaarlijk. Er zijn enkele goede henneptouwen om de tong van de vergeetachtigen los te maken.

'Je kunt me ophangen, maar meer kan ik niet zeggen. Hij beval ons de boot op te halen die een visser genaamd Jack bij ons zou afleveren en vanaf middernacht op de promenade op hem te wachten. Toen kregen we de opdracht om de boot te verlaten waar we hem hadden opgehaald en naar La Mesa te gaan.

'Hoeveel mensen heeft Tymson tot zijn beschikking?

'Ik weet het niet. Soms verzamelt hij wel twee dozijn mannen en soms minder, als dat nodig is. Wie weet daarvan is Morley, zijn handlanger die degene is die ons bevelen geeft.

'Waar is Morley? vroeg de kapitein, zich herinnerend dat dit de achternaam was waarvan hij Harry had overgenomen.

'Wie weet? We hebben hem vier dagen geleden gezien toen hij ons de opdracht gaf om de dienst uit te voeren en we hebben hem niet meer gezien.

Walter moest alle verdere ondervragingen van de gewonde man opgeven. Op dit moment kon er niets meer uit hem komen dan wat er was gezegd, wat heel weinig was, maar hij hoopte dat hij, wanneer hij enigszins hersteld was van de diepe wond die zijn hoofd kwelde, in staat zou zijn hem meer te drukken, ook al was het met vrij ernstige bedreigingen.

Gezien het feit dat de cache blijkbaar pas een week later in staat zou zijn om naar Mexico te gaan, kon het voorlopig wachten om maatregelen te nemen om de bewaking en de kuil te organiseren.

Om dit te doen, zou hij moeten communiceren met de plattelandsbevolking van New Mexico om te proberen hun inspanningen op het juiste moment te coördineren.

Hoofdstuk VIII

GEVAAR NA GEVAAR

Harry voelde zich een beetje nerveus toen hij bij het aanbreken van de dag ver van El Paso was zonder het minste spoor achter te laten zodat Bob en zijn mannen zijn spoor konden volgen en zich bewust waren van wat er zou kunnen gebeuren.

Hij begon te vrezen dat zijn gedurfde eigenschap nutteloos zou zijn, en in plaats daarvan zou hij worden gedwongen om samen te werken met de smokkelaars in de cache als de Rangers hem op de een of andere manier zouden missen. Het zou een dwaas gevaar voor hem zijn om te vluchten, want hij vermoedde dat het, eenmaal gevangen in de mazen van de bende, niet erg gemakkelijk voor hem zou zijn om het te breken en aan hen te ontsnappen en als hij erin zou slagen en ontsnapt, zou zijn ontsnapping veranderen. al Tymson's en zijn plannen. zijn rapporten, verkregen met ontmaskering, dienden alleen om zijn metgezellen te desoriënteren.

Morley had grote bekwaamheid getoond om hem uit El Paso te krijgen zonder dat iemand het wist. Dit gaf hem een klein idee van de vaardigheid en sluwheid van de smokkelaars en hoe goed zijn baas deze productieve en gevaarlijke onderneming had georganiseerd.

Hij vermoedde dat de smokkelwaar een grote waarde moest hebben gezien het aanbod dat hem was gedaan en als dat zo was, moesten de maatregelen die werden genomen om hem te beschermen ook erg hard en omslachtig zijn.

Maar er was geen keuze meer. Hij zou verder moeten gaan en toekomstige gebeurtenissen zouden de toon zetten voor zijn toekomstige houding.

De paarden draaiden naar het noorden en ongeveer drie mijl werden ze vergezeld door een ander stel.

Morley begroette een van hen:

"Alles goed, Jim?

'Alles goed, Morley. We vertrokken voor zonsopgang en niemand zag ons vertrekken.

"Doe Maar. Onze missie in El Paso is voorbij.

De vier galoppeerden verder. Harry vermoedde dat de andere ruiter die zijn lippen niet van elkaar had verwijderd en die eruitzag als een cowboy, hoewel meer verslagen, een ander nieuw element was dat aan de bende werd toegevoegd.

En de Ranger vroeg zich af hoeveel mensen ze nodig zouden hebben voor de operatie, als ze op die ietwat willekeurige manier nieuwe elementen moesten vastleggen.

Midden op de dag stopten ze in de eenzaamheid van de wei om de lunch klaar te maken. Niemand sprak en geen van de twee nieuwe leden van de bende leek vastbesloten om vragen te stellen.

Na de snack begonnen ze weer in een gestage galop, en toen de avond viel, zei Morley:

'We moeten hier tot het ochtendgloren kamperen. Morgen hebben we nog twee dagen en 's avonds slapen we in ons eigen kamp.

Harry deed een mentale berekening. Stel dat ze in de twee dagen dat ze iets meer dan veertig mijl achter zich hadden gelaten en enigszins diagonaal liepen, aangenomen moest worden dat het hol in de reeks was, van kleine bergen die van zuid naar noord versprongen waren totdat ze de scheiding van Nuevo Mexico.

Harry's berekeningen waren niet verkeerd. De volgende dag in de schemering bereikten ze een van deze bergen die bekend staat als Cerro Alto.

Het was niet erg uitgebreid, maar het was steil, ingewikkeld en, in geval van gevaar, zeer verdedigbaar vanwege de structuur van de korst en de enorme rotsen die bijna tot aan de top waren geheven.

Ze kwamen in een smalle spleet en Morley nam de leiding. Het doolhof van trappen was ingewikkeld omdat ze elkaar voortdurend kruisten en splitsten en alleen hij de route goed kende.

Eindelijk naderden ze twee enorme rotsen die bijna bij elkaar kwamen en een vrije ruimte overlieten waar een wagen nauwelijks doorheen kon.

Toen hij naderbij kwam, stootte hij gemoduleerde fluitjes uit die van een hoogte werden beantwoord en kort daarna kwam een man met een slecht gezicht, uitgerust met een dubbelloops geweer, tussen enkele rotsen naar buiten om ze op te vangen.

"Hallo, Morley", begroette hij. En terug?

"Ja. Hier breng ik twee nieuwe items. Niets in het bijzonder?

"Niets.

'Zijn de zegens gearriveerd?

"Ze komen er aan. We hebben er nogal wat verzameld, maar ze worden nog steeds vermist.

"In deze dagen zal de rest komen. En wagons?

"Twaalf tot nu toe.

"Niet slecht. De rest komt ook snel. Waar is Frederich?

"Daarin.

"Gaan.

Ze gingen de hoge, smalle spleet binnen en bevonden zich in een brede, met gras begroeide opening. Dit was een echt kamp, waar ongeveer twintig mannen door de uitgestrekte ruimte zwierven als beesten opgesloten in een enorme kooi.

Op het eerste gezicht nam Harry het hele plaatje in zich op. Er waren een paar lange schuren die bestemd moesten zijn voor de mannen van de bende en die rond de rand van het ravijn waren verdeeld, twaalf stevige grote karren, stapels dozen met perfecte verpakking, op elkaar en aan de andere kant opgestapeld, bijna honderd esparto zegens. geweven in de vorm van een breed net.

De Jager bekeek alles zorgvuldig en vroeg zich af wat het allemaal betekende. Wat hij op het oog had, moest de voorraad zijn die op een sluitingsdatum naar Mexico moest, en als dat het geval was en het was perfect verpakt in stevige houten kisten en goed gesloten, wat was dan de betekenis van die zegens die Morley zo geïnteresseerd in?

Het zou niet lang duren om erachter te komen, maar voor nu was hij erg geïntrigeerd.

Een lange, gedrongen, stoer ogende, dreigende man kwam op Morley af.

"Hallo Joe, wat is er?" Vraag ik.

'Voorlopig niet veel, Frederich. Hier breng ik u deze twee goede mannen. Zijn er nog meer aangekomen?

"We hebben twee nieuwe. Ze zijn twee dagen geleden aangekomen.

'Nou, ik denk dat met deze en degenen die in El Paso zijn gebleven, het niet meer nodig zal zijn. Hoe gaat dat?

"We zijn nog niet begonnen met het voorbereiden van de zegens, wachtend op de komst van de rest. Zodra we ze allemaal hebben openen we de dozen en maken alles klaar.

"Heel goed. Ik ga morgenochtend naar La Mesa waar ik de baas zal ontmoeten. Je moet het terrein aan die kant goed onderzoeken om er zeker van te zijn dat alles goed gaat. Ze verwachten toch niet dat de doorgang wordt gemaakt die site, maar je moet er hoe dan ook zeker van zijn.

"En de baas?

"Veel plezier in El Paso.

"Geen alarmsymptomen?

"We hebben niets waargenomen, maar de baas vertrouwt het in ieder geval niet in het minst. Na verloop van tijd zal hij als rook verdwijnen en worden opgespoord.

Frederich nam de twee nieuwe smokkelaars over en wees naar een plunjezak in de schuren. Vervolgens gaf hij aan dat zolang het werk niet begon, ze konden ronddwalen zoals ze wilden.

Harry stelde geen vragen en zijn partner, even stom als hij, volgde zijn voorbeeld.

En zo kwam de dappere boswachter vast te zitten in het hol van de smokkelaars, aan alle kanten omringd door gevaar en zonder te weten hoe hij het moest ontwijken en vooral hoe hij van nut kon zijn voor het korps door iets te doen dat frustreerde de levering van die formidabele voorraad.

Nieuwsgierig liep hij door de vallei en toen hij de kans kreeg, naderde hij een van de stapels dozen. Hij moest zijn tanden op elkaar klemmen om niet naar adem te happen toen hij besefte wat er voor zijn ogen stond.

Op de dozen stonden verschillende tekens, die allemaal in één richting wezen. Het waren dozen met wapens bestemd voor de oorlogsstrijders die vanwege het einde van de oorlog niet waren geopend of naar hun bestemming waren gestuurd.

En hij vroeg zich af hoe ze dat arsenaal in handen hadden kunnen krijgen dat streng gecontroleerd had moeten worden, aangezien het regeringsmateriaal was dat bestemd was voor de soldaten.

Als het gestolen was, werd niet uitgelegd hoe ze het uit de Intendancy-pakhuizen konden halen zonder dat ze het wisten en zo niet, dan moest worden toegegeven dat in deze pakhuizen bondgenoten van de smokkelaars waren die de uitgang van dat pakhuis faciliteerden. materiaal, die wisten dat ze, als ze een legale bestemming veinzen, ze nooit zouden bereiken.

De volgende dag meldde iemand dat er twee wagons aankwamen. Een kenner van het terrein kwam hen zoeken en later kwamen ze het kamp binnen. Ze kwamen beladen met lege zegens aan en zowel de voertuigen als de chauffeurs werden achtergelaten in de studeerkamer.

En de volgende dag begon hij, op bevel van Frederich, aan het werk dat Harry zo intrigeerde.

Het bestond uit het openen van de dozen, het uitpakken van de wapens en het overbrengen naar de zegens, maar op een manier die mensen kon misleiden over hun inhoud.

Deze zegens waren gevuld met vers gras dat het gaas aan de buitenkant bedekte en vervolgens, vakkundig, werd het interieur gevuld met wapens die met kunst waren geplaatst zodat ze nergens verschenen. Toen de wapens eenmaal op hun plaats waren, waren ze bedekt met gras en stevig gesloten. Op het eerste gezicht bevatten ze alleen vers gras om vee te voeren.

Harry bewonderde de truc. Niemand kon vermoeden dat er wagons waren geladen met zegens die, zonder grondig onderzoek, alleen veevoer bevatten.

Het simpele was om de dozen te laden zoals ze waren aangekomen. Of de smokkel met geweld of incognito moest worden uitgevoerd, dat werk of die voorzorgsmaatregelen, werd niet uitgelegd, maar gezien Tymsons vaardigheid vermoedde hij iets subtielers dan wat de Rangers aannamen. Het ding moest toch zo georganiseerd zijn dat die karren met die valse lading voor de neus konden passeren van degenen die het moesten ontwijken zonder te vermoeden wat ze bevatten.

Harry werkte als de meesten in het inpakken en een paar dagen lang werd de operatie rustig maar zorgvuldig uitgevoerd. Frederich keek naar alle containers en ze waren niet vastgebonden totdat hij zijn goedkeuring gaf.

Harry had dezelfde metgezel die de reis met hem had gemaakt. De Jager keek hem aandachtig aan en leek te vermoeden dat hij niet erg gelukkig was, waardoor hij vermoedde dat hij bedrogen was, of dat de noodzaak hem had gedwongen iets te accepteren dat hem niet bevredigde.

En hij besloot aan zijn tong te trekken.

'Goed gedaan, maat,' merkte hij op. Als het goed gaat, gaan we genoeg op zak hebben om onszelf een tijdje het geweldige leven te geven.

"Ja, dit komt allemaal goed als er niets gebeurt.

"Wat gaat er gebeuren? Morley heeft me verteld dat dit heel vaak wordt gedaan en dat ze nooit iets hebben ontdekt.

"Morley zal zeggen wat hij wil, maar een paar maanden geleden was er een veldslag op de kloof, waarbij meer dan tien chauffeurs uit een cache als deze vielen en bijna alle lading in de rivier belandde.

"Alles heeft zijn faillissementen. Denk je dat dit ze ook zal hebben?

'Ik weet het niet. Ik zou blij zijn van niet, maar als het goed gaat, verzeker ik je dat ik in Mexico blijf. Ik vind dit niet leuk.

"Waarom ben je gekomen?

'Hij is verdronken, zonder geld. Ze vertelden me dat ze me een goedbetaalde baan gaven en ik nam die aan. Later leerde ik over de arbeidersklasse en was er geen keuze meer. Als ik ooit had gezegd dat ik stopte, hadden ze me niet laten gaan.

"Het kan. Als je je aan zoiets bindt, ben je al verslaafd. We vertrouwen erop dat alles goed gaat en we blijven in Mexico om een andere koers te volgen."

"U bent ook niet tevreden?

'Duizend dollar helpt bij de afwikkeling. Ik was zoals jij en ik had geld nodig.

"Het is waar. Geld dwingt veel dingen af.

Ze gaven verder geen commentaar. Harry wist genoeg om te zijner tijd, als dat nodig was, te werk te gaan volgens de omstandigheden. Hij was er zeker van dat als hij de hulp van zijn partner nodig had, hij die zou krijgen, vooral als hij hoorde van zijn status als ranger.

Het inpakken was gelukkig binnen een week voltooid en de zegens werden op de karren geplaatst die stevig met touwen waren vastgebonden.

Voor meer zekerheid bevatten sommige ervan, vooral degenen die aan de achterkant uitstaken, alleen gras. Het was een maatregel in afwachting van een poging tot registratie.

Op een middag werd Harry verrast door de komst van twee ruiters. Het waren deze, Tymson en Morley, die de lading kwamen onderzoeken en vermoedelijk zouden leiden toen ze naar de prairie gingen.

Tymson was niet langer de slimme, goedgeklede man die ik bij de tent had gezien. Nu droeg hij een smakeloze cowboyoutfit en raakte hij zijn hoofd aan met een brede stanton-hoed. Zijn overhemd was opzichtig, zijn blauwe spijkerbroek, hoge laarzen en twee indrukwekkende veulens in de taille.

Morley was ook op dezelfde manier gekleed en dit deed de Ranger vermoeden dat ze op het punt stonden aan het laatste hoofdstuk van het avontuur te beginnen.

Met gespannen zenuwen liep hij door de vallei en probeerde iets vast te leggen van waar ze het over hadden tussen hen en Frederick. Het was erg belangrijk voor hem, omdat zijn toekomstige houding kon afhangen van wat hij ontdekte.

En hoewel het niet veel was, hoorde hij toch iets dat op een gegeven moment, als het geluk met hem was, van groot nut zou kunnen zijn.

Het was een losse vraag van Frederich en een antwoord van Tymson.

'Waar zullen we oversteken, baas?

"Bij Filmore. Veel voer gaat daar door naar de ranches aan de andere kant van de rivier. Er is een grote schuit die de wagens zal oversteken. Omdat alles binnen Amerikaans grondgebied zal gebeuren, kan niemand iets vermoeden. Dan zullen we' Ik praat als we bij de kloof zijn.

Harry stond perplex. Het plan was goed gecombineerd, omdat ze niet de rivier over de grens met Mexico zouden oversteken, maar naar de andere kant zouden gaan op het grondgebied van New Mexico.

Later zouden ze niet het ongemak van de rivier hebben om naar de naburige staat over te gaan, maar een stuk land met een illusoire grens die geen obstakel zou zijn voor het voortbewegen van de karren.

Allemaal heel goed gecombineerd en in staat om de rangers te desoriënteren die zouden wachten op de voorraad bij de rivier.

* * *

Ondertussen had kapitein Walter in El Paso de actie van zijn mannen bestudeerd. Hij verwachtte dat hij er veel nodig zou hebben en had opdracht gegeven om rangers uit verschillende sectoren te verwijderen om ze op elk precies moment gegroepeerd en beschikbaar te hebben.

De toestand van Bob leek hem niet in staat te stellen de zaak met de nodige energie af te handelen en hij besloot een dergelijke missie toe te vertrouwen aan een andere van de meest deskundige sergeanten. Deze laatste zou, met Caro als assistent, naar La Mesa gaan om onderzoek te doen. De sergeant kreeg de opdracht Tymson te arresteren als hij hem in het dorp zou vinden.

Caro van zijn kant moest in burgerkleding spioneren. Hij was nog onbekend bij de smokkelaars en dit detail zou waardevol voor hem kunnen zijn.

En de jongen, aangemoedigd door zijn aanvankelijke succes, was enorm gegroeid en voelde zich in staat tot de grootste heldendaden.

Caro stapte voor Sgt. Zijn missie was verkennend en later, als de sergeant zich bij hem voegde, zou hij verslag doen van zijn ontdekkingen.

Maar terwijl Caro op tijd in La Mesa arriveerde, deed de sergeant dat niet, omdat er iets onvoorziens gebeurde waardoor hij te laat arriveerde.

Het werd allemaal verpest door de komst van de enige overlevende van de boot die de twee Rangers hadden bemand. Hij was degene die met Caro vocht en die, ondanks een zware klap op het hoofd met een roeispaan, in staat was om de kust te bereiken en zich te verbergen totdat hij de gevarenlijn overschreed en zich bij La Mesa meldde toen Tymson op het punt stond te vertrekken de stad om zich bij de smokkel aan te sluiten en de controle over te nemen.

De smokkelaar verscheen met een verbonden hoofd, hoewel hij het met zijn hoed verborg. Toen Tymson hem zag, vroeg hij:

'Wat voor nieuws breng je, Jules? En je partner?

"Mijn partner? De duivel wie weet, baas. Er is iets tragisch gebeurd nadat je wegging en dit is de datum waarvan ik niet weet wat er met Carl is gebeurd.

Tymson fronste zijn wenkbrauwen en riep uit:

'Spreek, zeg wat er is gebeurd.

De valse visser meldde de aanwezigheid van de twee rangers in de boot en hoe ze werden gedwongen om hen te volgen. Toen vertelde hij over het gevecht en hoe de boot was gekapseisd en iedereen in de stroming had gegooid.

"Ik weet niet wat er zou gebeuren" voegde hij eraan toe "; Ik wilde er een vangen, maar hij kon een roeispaan pakken en me op mijn hoofd slaan. Dit verhinderde mij en ik stond op het punt de kust niet te winnen. Het is gelukt en ik kon hier op tijd komen om verslag te doen van het evenement.

Tymson hield niet van het nieuws. Van zijn vier mannen was hij de eerste die arriveerde, en de rest moet er al zijn.

'Ik vind dit niet leuk,' zei hij, 'want als een van hen is gered, zullen ze proberen mijn aanwijzing te vinden. Ik nam aan dat ze naar me keken, maar niet zo veel.

«Dus je blijft hier voor het geval je metgezellen arriveren en stuur ze naar het asiel. Als ze overmorgen niet zijn teruggekomen, ga dan de weg op en maak je geen zorgen meer over ze.

En diezelfde nacht verliet Tymson, met zijn tweede, La Mesa om in veiligheid te komen in afwachting van een zoektocht door alle steden in het rivierengebied.

Caro, die zich niet bewust was van de aanwezigheid van de man die op het punt stond hem naar de eeuwigheid te sturen, was in een van de twee herbergen in La Mesa gebleven en deed zich voor als cowboy die terugkeerde van vakantie. Hij was van plan ze daar af te maken door twee of drie dagen te rusten en dan verder naar het zuiden te gaan.

Maar op dezelfde dag dat de sergeant zou arriveren om Caro te ontmoeten en te horen wat hij had kunnen ontdekken om de mannen in te zetten die al voorbereid waren om de cache te onderscheppen, gebeurde het onverwachte. Toen Caro aan de deur van de herberg verscheen met de bedoeling een wandeling te maken, omdat ze niemand had kunnen vinden, ontdekte ze met oneindige verbazing een ruiter die, uitgerust met een deken, reistas en geweer, wegging de andere herberg ligt een beetje onder de hare en begint blijkbaar aan een reis.

Zijn verbazing was enorm toen hij de smokkelaar herkende die op het punt stond hem in de rivier af te maken en zijn eerste impuls was om achter hem aan te gaan om hem tegen te houden, maar door een inspiratie werd hij gespannen toen hij hem de weg naar de weide zag afdalen.

En zonder ook maar een minuut te verspillen zocht hij zijn paard, betaalde haastig de herberg en sprong in het zadel om de smokkelaar op afstand te volgen.

Hij moest ergens heen en als het geluk hem gunstig gezind was en hij hem niet uit het oog verloor, zou het hem misschien naar een plaats brengen die van kapitaal belang was voor zijn missie.

Met allerlei voorzorgsmaatregelen en vertrouwend op zijn scherpe gezichtsvermogen, volgde hij hem op een afstand waar het bijna onmogelijk was hem te onderscheiden. Het feit dat er geen andere ruiter op de vlakte rondliep was gunstig voor hem om hem niet te misleiden.

Zo achtervolgde hij hem urenlang totdat ze 's avonds een ruiger terrein naderden waar hij de afstand kon inkorten.

Maar zijn angst was dat het 's nachts verloren zou gaan en hij nooit meer op het goede spoor zou komen. Dit maakte hem nerveus en hij wist niet wat hij moest doen.

Het vallen van de avond stopte hem bij de achtervolging en hij vroeg zich woedend af wat hij moest proberen.

Tot hij roekeloos besloot om voorzichtig te werk te gaan. Als de smokkelaar had gekampeerd, had hij hem misschien kunnen ontdekken onder de bescherming dat er die nacht weerspiegelingen waren van de verre maan.

En het geluk was aan zijn zijde, want tijdens de zoektocht leidde de gloed van een vreugdevuur hem naar het smokkelaarskamp. Hij had een vuur aangestoken om wat schokkerig te roosteren.

Caro, die haar gelukssterren zegende, ging naar een niet ver weg gelegen plaats en besloot de nacht wakker door te brengen. Toen de smokkelaar het veld opruimde, kon hij zijn spoor volgen zo ver als het hem kostte.

Bij zonsopgang maakte zijn vijand zich klaar om te vertrekken, maar het was iets onverwachts dat zijn paard hinnikte en dat van Caro het gehinnik beantwoordde.

De smokkelaar, die zich realiseerde dat iemand hem in de buurt bespioneerde, vuurde een geweer af, maar Caro, die zich realiseerde dat hij de incognito niet langer kon houden, wilde geen faciliteiten aan zijn tegenstander geven en van de plaats die als observatorium diende trok hij revolver en vuurde snel.

De smokkelaar, zwaar getroffen, kon niet in het zadel blijven en viel op de grond en liet het geweer vallen.

Caro sprong als een tijger uit haar schuilplaats, revolver in de hand, wierp zich op de smokkelaar en zette de loop van het geweer op zijn hoofd. De gewonde man opende vol afgrijzen zijn ogen toen hij de dood zo dichtbij zag:

"Jij weer! Verdomme je skelet!

'Ik weer, vriend, en deze niet zoals die, want de verrassing was van mij. Waar ging je zo eenzaam heen?

'Naar Nieuw-Mexico.

'Je bent in New Mexico, wist je dat niet?

'Ik bedoelde naar Santa Fe.

'Dat duurt lang, vriend. Waar wacht Tymson op je?

"Ik weet niet waar je het over hebt.

'Je weet het goed. Je had een afspraak in La Mesa met je baas en Morley. Je ging erheen om hem te ontmoeten en gisteren verliet je het dorp halverwege de ochtend. Wil je dat ik je meer vertel?

"Als je alles weet, wat vraag je dan? Laat me in vrede sterven.

'Nee, ik laat je niet in vrede sterven als je niet eerst iets zegt. Luister, ik kan je een kans geven om jezelf te redden als je iets zegt.

"Welke mogelijkheid?

'Je bent gewond, maar niet dodelijk. Je kunt jezelf nog redden als iemand je helpt. Vertel me waar Tymson, Morley, de rest van de bende en de smokkelaars zich nu verzamelen en ik zal je leven sparen. Als je niet spreekt, schiet ik een kogel door je hoofd, maar ik waarschuw je voor één ding: zelfs als je niet spreekt, duurt het niet lang voordat we weten waar ze zijn, want je hebt onbewust een boswachter geplaatst. in de band. Zoals u zult begrijpen, komt u niets vooruit als u niet spreekt, uzelf of anderen niet. De band wordt cool en als ze je daar betrappen, zou je worden neergeschoten of opgehangen.

De smokkelaar aarzelde even en antwoordde:

'Als je me zo goed mogelijk geneest en het volhoudt tot ze me oppakken, zal ik het je vertellen.

"Klaar. Wachten.

Hij zocht in de reistas naar de geneeskrachtige middelen die Rangers altijd bij zich hadden voor noodgevallen en ontdekte de wond. Hij had een kogel in de borst die hevig bloedde.

Met water uit de wijnzak waste hij de wond, maakte een in jodium gedrenkte pluis en stopte die in de wond, waardoor de smokkelaar gilde van de pijn. Toen legde ze een kompres op hem en liet hem op het gras liggen.

'Je bent er en ik kan niet beter. Praat nu.

'Tymson is herenigd met zijn bende en de smokkelaars op een heuvel ongeveer veertien mijl van hier genaamd Cerro Alto. Dit is waar iedereen zich klaarmaakt om de voorraad op te halen.

"Zij zijn met velen?

"Een paar dozijn.

"In welke richting is dat?

"Ga rechtdoor. Er is geen andere heuvel in de buurt.

Caro vroeg niet meer. Hij was geïnteresseerd in het ontdekken van de heuvel, het lokaliseren ervan, als het mogelijk was om het te benaderen en te verifiëren dat de gewonde man niet had gelogen en dan, met alle mogelijke gegevens, galoppeert naar El Paso, Walter over zijn ontdekking vertellen en zich daar presenteren met drie dozijn geharde mannen. Rangers om de bush te bestormen en geen enkele smokkelaar te laten ontsnappen.

Hij liet het paard van de gewonde man op slot en besteeg alleen, hij ging weg in de richting van de berg.

Langzaam naderde hij de aangewezen plaats tot hij in de verte het rechtopstaande silhouet van Cerro Alto, geïsoleerd op de vlakte, ontdekte.

Hij stopte aarzelend. Als hij op klaarlichte dag naderde, liep hij ernstig gevaar ontdekt te worden.

Het beste wat hij kon doen, was daar kamperen, geduldig wachten tot de dag ten einde liep en wanneer de nacht onder de dekking van schaduwen viel, de berg naderen, door een van de spleten filteren en naar Tymsons bemanning zoeken totdat ze het gelokaliseerd. Toen hij er zeker van was dat ze in de bush waren, kon hij zich terugtrekken voordat de zon weer scheen en in volle galop, waarbij hij zo nodig zijn paard betrapte, El Paso bereiken en zijn ontdekking aan de kapitein melden.

En zijn zenuwen bedwingend stapte hij van zijn paard en bereidde zich voor om geduldig te wachten op het rijk van de schaduwen.

Hoofdstuk IX

OP DE RAND VAN DE DOOD

De zilververlichte sterren begonnen te gloeien toen de schaduwen over de hei vielen.

Caro ging op weg om haar plan uit te voeren. Hij was bang dat uren later de maan zou opkomen, het landschap zou verlichten en zijn werk moeilijker zou maken en hij moest zich haasten als hij niet wilde falen als het succes nabij was.

Hij won langzaam terrein en naderde de berg. Hij geloofde dat het heel moeilijk was om hem met de heersende somberheid te ontdekken en toen hij zich in de uitlopers van het rotsmassief bevond, sloot hij zijn paard op een plaats waar hij hem snel zou kunnen bereiken en besloot stoutmoedig om erin te gaan. onbekend perceel.

Hij vertrouwde op zijn moed, zijn voorzichtigheid en de weinige duidelijkheid die heerste. Alles zou hem beschermen en hem helpen zijn plan te bekronen.

Hij stelde zich voor via enkele sneden die hij in de buurt vond, en begon te stijgen op zoek naar een mogelijke schuilplaats. De stilte was indrukwekkend en niets wees erop dat hij in de buurt van het hol kon zijn. Hij vorderde pijnlijk, terwijl hij moest kiezen tussen de vele vorken die hem werden aangeboden terwijl hij verder ging, maar zijn richtingsgevoel bracht hem ertoe degenen te kiezen die dieper gingen de berg in en niet degenen die hem naar zijn flanken deden afdrijven.

Van tijd tot tijd stopte hij, luisterde gretig en ging een beetje verbijsterd verder, bang dat hij later moeite zou hebben om zijn weg uit dit mysterieuze labyrint te vinden.

Hij had de grond al een half uur gevoeld, toen hij op een van de keren dat hij luisterde dacht dat hij aan zijn rechterkant een gemompel van stemmen hoorde en een paard dat hinnikte en huiverde van vreugde, hij probeerde zich te oriënteren om bij de plek te komen die leek hem het voorwerp van zijn zorgen.

Naarmate hij vorderde, groeide zijn argwaan. Hij had zich niet vergist; niet ver daar vandaan moet een concentratie van mensen zijn geweest die achteloos in hun toevluchtsoord geen voorzorgsmaatregelen namen om niet ontdekt te worden.

'En ik ging verder tot ik de twee hoge rotsen bereikte die de ingang van de schuilplaats gaven.

Blij wierp hij zich op de grond en kruipend als een hagedis ging hij verder. Hij wilde door die nauwe spleet gluren en zo mogelijk het kamp rondkijken; dan, als hij zeker was van zijn ontdekking, zou hij zich terugtrekken, de uitgang van de berg zoeken en naar El Paso galopperen om alles aan de kapitein te melden.

Maar plotseling, toen hij op de steen kroop, viel er iets zwaars en gewelddadigs op hem alsof het van de top van de rots was losgekomen en toen hij wilde beseffen wat het was, hadden ze een harde klap op het hoofd gegeven en twee handen ijzer kneep zijn keel tot hij stikte.

En in de angst van die tragische situatie ving hij een vreemd gesis op en een stem die riep:

"Jackson, Jackson! Kom hier, help me, ik heb op iets heel interessants gejaagd.

Onmiddellijk grepen nieuwe handen hem vast, iemand griste de revolver van hem af en, hem overeind tillend, grepen ze hem als een watje bij de armen.

"Wel, kleine vriend, de curiosa zijn betaald en de jouwe zal zijn prijs hebben.

Ze drongen door de spleet en Jackson sloeg alarm. Kort daarna verschenen Tymson, Morley en Frederich in paniek.

"Wat is er aan de hand? Vroeg de eerste van de drie.

'Deze hagedis die de rots op kroop en deed alsof hij hier zijn neus in stak.

Tymson klemde boos zijn tanden op elkaar. De aanwezigheid van de indringer was zeer verontrustend, want zelfs al was het er maar één, het gaf aan dat ze hem op de hielen zaten op een cruciaal moment als dit.

En woedend beval hij:

"Breng hem naar het vreugdevuur; Ik wil zijn gezicht zien.

Caro, half verstikt, een straaltje bloed dat uit de wond stroomde die de klap op zijn voorhoofd had veroorzaakt, werd naar een vreugdevuur geduwd. Alle smokkelaars renden er gespannen naar toe, bezeten van nerveuze nieuwsgierigheid om te weten wie de indringer was.

Harry, samen met de cowboy die zich tegelijkertijd in de bende had gevoegd en met wie hij goede vrienden was geworden voor het geval hij ooit geïnteresseerd zou zijn in hun vriendschap, kwam naar voren, bang voor wat er zou kunnen gebeuren. Hij nam het als vanzelfsprekend aan dat alleen een Jager zo gedurfd kon zijn dat hij gevaar zou trotseren door die daad van moed te begaan.

Maar haar verbazing was tragisch toen ze, naar hem kijkend, Caro in hem herkende. Een huivering van angst schudde haar lichaam en ze dacht dat ze op de grond viel. Instinctief moest hij de arm van zijn partner grijpen om overeind te blijven.

De cowboy merkte het op en, hem aankijkend, vroeg hij met zachte stem:

'Wat is er met je aan de hand, Harry? Ken je hem...?

'Ja, en ik zou mijn leven geven als het jouw leven zou redden.

"Wie is het? Een boswachter?

Harry knikte.

"Hoe ken je hem?

'Het is dat ik haar moeder en haar zus behandel, een heel mooi en heel goed meisje.

'Ja, je vindt het meisje leuk. Waarom dan ...?

'Stil, nu niet praten. Is beter.

Tymson, nadenkend over alle woede en wreedheid waartoe hij in staat was, beval Morley:

"Registreer hem van boven naar beneden.

Caro werd, na het eerste moment van paniek, overgedaan. Hij realiseerde zich het einde dat hem te wachten stond. En in een moedige reactie wilde hij laten zien dat hij een man was die wist hoe te winnen en te verliezen en die zich geen lafaard zou tonen op het moment van zijn dood.

En toen ze zich Harry herinnerde, zocht ze hem angstig op. Als hij daar was, zoals hij had verwacht, wilde hij dat hij besefte wat voor soort man hij was, en als hij werd gered, wilde hij dat hij zou zien hoe hij zijn plicht had gedaan tot het laatste moment, ter ere van het korps waartoe hij behoorde.

Toen ze hem ontdekte en hun ogen gekruist als zwaarden, bleven ze allebei gespannen, maar geen van beiden verraadden zichzelf door hun kennis aan de kaak te stellen.

Plotseling toonde Morley, triomfantelijk, iets en zei:

'Ik dacht van wel, baas. Kijk dit.

"Al met een ranger-badge. Nou, vriend, je bent niet de eerste die nieuwsgierig is om je neus in mijn zaken te steken en naar de hel te gaan zonder je werk af te maken. Laten we eens kijken wat je ons te vertellen hebt.

En Caro brulde in een vlaag van trots:

'Gewoon dat jullie onfatsoenlijke varkens zijn die handel drijven met het leven van veel mannen. Ja, ik ben een Ranger, ik verklaar het met trots en ik vind het niet erg om te sterven in de lijn van plicht, want ik weet dat er achter mij vele anderen zijn om mijn dood te wreken. Het zal niet lang duren voordat ze zich omdraaien en wanneer we elkaar in de hel ontmoeten, zullen we over deze kwestie praten.

Tymson stapte naar voren en sloeg hem hevig, riep uit:

'We zullen je daar een lange tijd niet zien, jij vuile spoorzoeker, want ik ben te veel waard zodat niemand me kan afsluiten. Waar zijn de anderen? Spreek je uit of ik scheur je uit elkaar.

'Voor mij geldt hetzelfde, ik weet het niet, maar als ik het wist, zou ik het niet zeggen. Ik ben hier bij toeval gekomen, omdat ik een van de jongens heb verrast die de boot bemanden waarin ze ons in de rivier probeerden te verdrinken en ik heb hem overweldigd en hem gedwongen te spreken.

«Ik kwam om ervoor te zorgen dat zijn beschuldiging waar was en als ik gefaald heb, erger voor mij, niet om die reden zal er iemand zijn die meer geluk heeft dan ik, en als hij mijn dood gaat vieren als iets buitengewoons, zal ik zijn succes door hem iets te vertellen wat hij niet weet; Ik ben bij voorbaat al gewroken vanwege de vier die de twee boten bemanden, niemand zal het ooit herhalen of smokkelen.

«Degenen die je naar de rivieroever brachten, verlieten het zwembad niet met de boot, omdat ik ze heb geladen en van de twee die de boot bemanden waar we dwaas aan boord gingen, mijn broer en ik wonen niet. Eén verdronk in de rivier en ik verraste degene die in La Mesa achterbleef en volgde hem tot ik klaar was met hem. Nu kun je me vermoorden wanneer je maar wilt, maar denk eens aan wat een enkele ranger heeft kunnen doen. Later zullen de anderen je veel dingen laten zien, want die voorraad... die voorraad zal nooit naar Mexico gaan.

Een algemeen gejuich verwelkomde Caro's moedige verklaring. Harry schrok van zijn moed en zijn partner keek hem verbaasd aan.

Tymson hield zijn woede in en brulde:

"Zwijg. Zoek het paard van deze man dat ergens zal worden achtergelaten. Je moet ervoor zorgen dat er geen sporen van zijn aanwezigheid zijn en als je het vindt, breng het dan.

Toen voegde hij eraan toe, tegen Morley aangevend:

'Als het paard binnen is, zal ik je meer bevelen geven.

En hij begon als een hondsdolle wolf door het ravijn te lopen, terwijl twee smokkelaars het paard gingen zoeken.

Harry was er kapot van en realiseerde zich dat er geen menselijke kracht was om Caro te redden. Ze was te ver gegaan in het proberen van iets dat haar krachten te boven ging en ze zou er met haar leven voor boeten zonder dat hij ook maar iets in haar voordeel kon doen.

De cowboy, die Ruffus heette, trok aan Harry's arm en riep hees uit:

'Heb je gehoord wat hij zei? Dat de smokkelwaar Mexico niet zal bereiken. Denk je dat het zo zal zijn?

En Harry, die alles op één kaart zette, antwoordde:

"Ik geloof het niet alleen, maar ik weet het ook.

"Hoe?

'Luister naar me, Ruffus. Ik weet dat het je speet dat je bent gekomen en ik heb medelijden met het lot van anderen. Het is nog steeds tijd voor jou om jezelf te redden als je wilt.

"Hoe?

'Die ranger is niet de enige die de bende op de hielen zit. Er zijn verschillende andere onzichtbare om haar heen, en ik ben een van hen. Ik zal in groot gevaar verkeren, maar als de tijd rijp is voor het gevecht, kan ik je redden als je aan mijn zijde staat. Tymson zit vast in een hek dat hij voelt, maar negeert, en of hij die ongelukkige doodt of niet, zijn einde is nabij.

Antwoord nu. Je kunt me ook aanklagen en ze zullen me ermee vermoorden, maar als het erop aankomt de bende te verslaan, val je met iedereen. Als je daarentegen bereid bent om me te helpen wanneer dat nodig is, red je jezelf omdat ik degene zal zijn die je steunt zodat niemand je op de lijst van ongewenste personen plaatst.

Ruffus antwoordde met een oprecht accent:

'Ik weet niet wat er zal gebeuren, Harry, maar ik zweer je dat ik in alles aan je zijde zal staan. Als ik moet sterven, doe ik dat het liefst met waardigheid.

'Bedankt. Ik hoop dat we wat meer geluk hebben dan die dappere man.

Een uur later verschenen de twee schurken met Caro's paard.

Tymson keerde terug naar zijn gevangene en gaf aan:

"Heel goed. Bind hem goed vast, bestijg hem op het paard en breng hem naar het Duivelsplateau. Het is een ideale plek met een goede kloof aan de voet die zijn doden niet teruggeeft. Neem "zei hij tegen Morley" drie mannen weg en als hij aan de top staat met een paar schoten naar het paard en de man, dan stuur je ze naar de kloof.Het is schoner en laat geen sporen na.

Morley glimlachte en draaide zijn hoofd om. De mensen die het dichtst bij hem stonden, waren Harry, Ruffus en nog een ander.

Harry beefde alsof er een kruitvat in zijn aderen was ontploft. Als hij iets miste om zijn situatie nog verbazingwekkender te maken, dan moest het de beul van zijn ongelukkige metgezel zijn.

En een rode sluier van bloed kruiste zijn ogen. In plaats van een enkel schot op Caro te lossen, liet hij zich er liever mee doorzeven.

Ook Ruffus was radeloos toen hij de pijn van zijn metgezel begreep.

Maar hij reageerde snel en bereidde zich voor om Morley en de gevangene te vergezellen.

Caro werd geboeid, op het paard gezet en zijn benen opgesloten onder de buik van het arme dier.

Morley nam het paard bij de teugel en de drie die waren aangewezen als executiepaal volgden.

Harry, die er geen genoegen mee nam Caro te zien sterven, werkte zijn hersens in op zoek naar een wanhopige oplossing en volgde Morley samen met Ruffus terwijl de andere smokkelaar naast het paard stond, voor het geval de ruiter zijn grip zou verliezen. Balans.

Plotseling legde Harry zijn hoofd dicht bij het oor van Ruffus en zei:

'We moeten die jongen redden.

'Hoe? De bange cowboy siste.

"Luister naar me. Als we bij de rots komen en die twee gieren zijn afgeleid, zullen we ze vanaf het punt van het schot neerschieten en ze elimineren. Dan zullen we Caro vrijlaten zodat ze kan ontsnappen en galopperen op zoek naar de boswachters. hier binnenkort en dit zal voorbij zijn.

"En wij?

"We kunnen ons verstoppen op een verdedigbare plek van waaruit het niet moeilijk voor ons zou zijn om iedereen die naar ons op zoek was en ons probeerde op te sporen, af te houden. We zullen een paar zware uren doorbrengen, maar als we de site goed kiezen, blijven we tot de rangers arriveren. Het is een zeer levensvatbaar project en ik zweer je dat je niets zult verliezen als je het steunt.

De cowboy zweeg een tijdje terwijl ze wegliepen op zoek naar het tragische plateau. Harry keek hem met een pijnlijk verlangen aan, wachtend op zijn antwoord.

En de cowboy knikte, knikte.

Harry voelde zijn hoop herleven. Het project was gevaarlijk, maar er was geen ander.

Ze klommen over ruige paden en verwijderden zich van het hol tot ze een grote hoogte bereikten, waarvan de basis vlak en niet erg breed was.

Toen ze het bereikten, realiseerde Harry zich de structuur ervan. Aan de andere kant werd het verticaal gesneden en zonk tot een onberekenbare diepte.

Het maanlicht baadde de noodlottige rots somber, en Morley liet zijn paard los en gaf aan:

'Je weet dit toch niet? Wel, kijk uit. Deze man zal daar beneden een skelet vinden dat hem zal verwelkomen, zodat hij zich niet zo alleen zal voelen. Zie!

Hij liep samen met de andere smokkelaar naar de rand.

Harry bedacht snel een nieuw, eenvoudiger project en drukte het met een gebaar uit aan Ruffus. Toen kwam hij naar voren en toen hij Morley bereikte die naar beneden keek, verloor hij met een brute duw zijn evenwicht en gooide hem in de leegte.

Een indrukwekkende schreeuw verscheurde de stilte. De andere ongewenste wilde zich omdraaien, maar Ruffus, die zijn partner imiteerde, gaf hem geen tijd en gooide hem ook in de leegte.

En toen was er een pijnlijke stilte die Ruffus verbrak en zei:

'Klaar, Harry. Wat daarna komt, kan door het lot worden aangewezen.

Harry pakte haar hand en verzekerde:

'Ruffus, mijn leven voor het jouwe als ik moet sterven. Wat je hebt gedaan, zal zijn vruchten afwerpen.

Hij rende naar het paard, maakte Caro's boeien los, die bijna flauwgevallen waren van emotie.

'Snel, Caro, ga de bush uit en zoek onze metgezellen. Vlieg zo veel als je kunt, anders is het succes niet compleet.

Maar de jongen, opgewonden, riep:

"Harry, wat je voor mij en je partner hebt gedaan, zal ik ook nooit vergeten, maar je hebt jezelf in gevaar gebracht voor mij en ik kan er niet aan ontsnappen. Ik blijf bij je en...

"Genoeg," brulde Harry. Je gaat nu meteen weg, anders was dit nutteloos geweest. Laat ons, we weten wat ons te doen staat. We zullen weerstand bieden door de rotsen tot je aankomst. Wacht niet langer, anders ben jij de boosdoener dat alles misgaat.

Caro durfde niet te protesteren. Hij schudde hen allebei de hand en op aanwijzing van Harry koos hij het afdalingspad uit de bush voordat ze de anderen misten en hem konden achtervolgen.

En toen de dappere jongen van de heuvel verdween, gaf Harry aan:

'En volg mij nu, Ruffus. We zullen zoveel mogelijk wegtrekken terwijl ze niet ontdekken wat er is gebeurd en hoe hoger we klimmen, hoe beter we ons zullen verdedigen en hoe beter we het landschap zullen afdekken wanneer mijn metgezellen arriveren. Ik ben erg blij, want ik denk dat dit gaat om het laatste gevecht.

En gevolgd door Ruffus, begonnen ze hoogten te schalen, stegen en bewogen zich zo ver mogelijk van het hol.

Hiermee hoopten ze de ontploffingen op te vangen. Hoewel het plateau een beetje uit de weg lag, konden de schoten er komen en stond iedereen gretig te wachten.

Meer dan een half uur ging voorbij, totdat Tymson verontwaardigd brulde:

'Wat zijn die klootzakken in godsnaam aan het doen? Ze zouden nu terug moeten zijn.

En Frederich, rusteloos, gromde:

"Ik ga kijken wat er gebeurt; ik vind dit niet leuk.

Hij haastte zich naar de rots, maar toen hij de top bereikte, ontdekte hij geen sporen van de vijf mannen die een half uur eerder het hol hadden verlaten en een tragisch voorgevoel hadden. Hij keerde snel terug en riep:

'Baas, er is niemand te zien.

"Wat zeg jij?

"Dat er geen spoor is van mannen of paarden. Ik leg dit niet uit.

Tymson verloor zijn geduld bij de verklaring en sprong naar de rots, gevolgd door enkele van zijn mannen. Maar het record was tevergeefs. Het leek alsof de kloof hen allemaal had opgeslokt.

En woedend begon hij bevelen te geven:

"Dit kan niet. Er is iets gebeurd en ernstigs. Zoek overal totdat je er een vindt. Twee die paardrijden en naar de vlakte gaan om te zien of ze iets ontdekken. Ik ben bang voor veel dingen en verdorie, dat is al teveel.

En terwijl twee te paard reden en de berg afdaalden, verdween de rest door de ongelukken van het land op zoek naar de vijf.

Maar zijn inspanningen waren tevergeefs. De nacht hielp ook niet en ze dreigden het te verliezen in een nutteloze zoektocht, in ieder geval tot zonsopgang.

Hoofdstuk X

Dolblij met het onverwachte einde van haar tragische avontuur galoppeerde Caro als een speer die begunstigd werd door het volle licht van de gloeiende maan. Zijn wens was om zo snel mogelijk naar El Paso te gaan om verslag te doen van zijn odyssee en de hulp in te roepen van alle beschikbare rangers. De dappere Harry bevond zich door hem in een zeer gevaarlijke situatie en hij moest op dezelfde manier met hem reageren.

De dag was lang en vermoeiend en bij het ochtendgloren vertoonde het paard een brute vermoeidheid die dreigde in te storten.

En toen hij wanhopig zijn haar streelde, staken twee ruiters het landschap over. Ze waren de voorman van een ranch en een arbeider op weg naar zijn ranch.

Caro verspilde geen tijd. Hij maakte zich bekend, legde de situatie uit en vroeg of hij een van de paarden mocht lenen, terwijl hij het zijne hield. De voorman stemde in met de verandering en Caro vervolgde haar vermoeiende reis.

Toen hij in El Paso aankwam, uitgeput, met bloed dat uit zijn hoofdwond stroomde en met het teken van de brute slag die Tymson hem had toegediend, had hij bijna geen kracht om zijn odyssee te vertellen. Kapitein Walter luisterde met gespannen zenuwen naar hem en vroeg toen:

'Je zegt dat de berg Cerro Alto heet?

"Dat is de naam die ze me gaven.

"Nou. Ga met pensioen en rust uit. Ik weet waar het is en ik heb je wedstrijd niet nodig. Je zou midden op de weg blijven en je moeite zou nutteloos zijn. Je hebt je energie uitgeput en het gaat goed met je.

Caro hoorde hem nauwelijks; hij viel in slaap zittend in de stoel.

De kapitein legde hem in bed en begon snel mannen te roepen. Hij gaf ze een kwartier om te bestijgen en toe te rusten voor de mars.

Bob, bijna hersteld, wilde meedoen aan het spel. Harry's prestatie om het leven van zijn broer te redden toen hij hopeloos verloren was, eiste gelijke compensatie en hij was bereid zijn eigen leven op te offeren om Harry te redden.

Veertig man vormden de ploeg. Kapitein Walter was bereid geen concessies te doen aan de vijand maar hem voor altijd te vernietigen en liep voorop om de operatie persoonlijk te leiden.

Met periodieke stops van een uur om weer op krachten te komen en de paarden wat rust te geven, reden ze de hele dag en de hele nacht. Dat systeem van stops maakte een grotere inspanning in de opmars mogelijk, hoewel iedereen de slaap en de vermoeidheid beschuldigde.

En het was middag toen ze zicht gaven op de Cerro Alto waar het gevecht zou eindigen.

De vlakte was verlaten, en dit gaf aan dat als Tymsons bende niet was gevlucht, ze afgezonderd in de bush moesten zijn.

En daar was het dan, omdat het hoofd van de smokkelaars, na de voor- en nadelen te hebben berekend, had besloten niet de vlakte op te gaan. Als er enige verdedigingsmogelijkheden waren, en als het succesvol was, was het daar, tussen de rotsen, waar ze centimeter voor centimeter konden worden verdedigd.

Het slechte voor hem was dat hij op een onverwachte manier acht man van zijn bemanning had verloren en dit zou zeer merkbaar zijn op het moment van het gevecht.

Toen de plattelandsbevolking de berg naderde, bereikte het gebulder van intens geweervuur hun oren, weerkaatsend door de holtes van de berg. Na een angstige zoektocht waren ze erin geslaagd Harry en zijn metgezel te vinden en hadden ze al hun moed gestoken in de jacht op hen, in de veronderstelling dat hun verraad de gevangene had bevrijd en Morley en zijn metgezel had verdreven.

Maar de twee dapperen hadden een moeilijke hoogte gevonden om te beklimmen en waren er sterk op geworden. Beschermd door de rotsachtige uitsteeksels van de rots, schoten ze iedereen neer die hen naderde en probeerde hen binnen bereik te brengen of naar de top te klimmen, en ze hadden al twee andere smokkelaars uitgeschakeld.

Maar ze werden belegerd, zonder voedsel, zonder water en met niets om in hun mond te stoppen. Ze waren achtenveertig uur lang dodelijke angst aan het verdedigen als wilde beesten en om beurten in de nacht toezicht houden om niet verrast te worden.

Beiden hadden een droge mond omdat espartogras en honger hen plaagden, maar ze bleven fel vechten en beknibbelen op de leiding. Hun tegenstanders probeerden hen te dwingen hun reserves uit te putten en ze vervolgens aan hun genade over te laten, maar beiden schoten alleen wanneer ze in gevaar waren of wanneer ze dachten dat iemand binnen het bereik van hun schoten was.

Ruffus leek wanhopig dat ze op tijd zouden komen om hen te redden, maar Harry moedigde hem aan. Hij was er zeker van dat de dag niet zou eindigen zonder dat de Rangers kwamen opdagen.

En hij was niet verkeerd. Kort voor de middag ontdekte Harry vanaf zijn hoogte een compacte massa die voortbewoog tussen stofwolken en opgewonden riep hij uit:

"Ruffus, opgelet! De rangers!

De cowboy keek met rode ogen uit over de vlakte en huiverde. De golf van stof raasde naar voren in een brede baan.

Hoeveel zullen er komen, Harry?

'Genoeg, maak je geen zorgen, maat.

Een oorverdovende schreeuw brak uit tussen de rotsblokken. De smokkelaars hadden net hun eeuwenoude vijanden ontdekt en de verwarring had hen in zijn greep.

Tymson, woedend tot op het punt van aanvallen, begon als een gek bevelen uit te vaardigen. Alle toegangen tot de berg moesten worden geblokkeerd om te voorkomen dat de Rangers erin zouden komen.

Dit dwong hen om Harry en zijn partner te negeren. Het gevaar was elders en de twee belegerden leken hen geen zorgen te maken.

Maar hij zorgde er wel voor dat een man in een hinderlaag liep om te voorkomen dat ze zijn schuilplaats zouden verlaten en een wig in zijn rug zouden worden. Ze moesten hen daar immobiliseren terwijl de anderen tegenover de eenheid met uniformen stonden.

Al snel waren ze aan de voet van de berg, verspreidden ze zich om het kleinste doelwit te bieden en tegelijkertijd de vijandelijke troepen te verdelen en ze gemakkelijker aan te kunnen vallen.

Hun vermoeide paarden galoppeerden van links naar rechts terwijl de uitstekende geweren van de verkenners op de kliffen vuurden waar ze een glimp van het silhouet van een of andere smokkelaar opvingen, of de ontploffing van hun wapens opvingen.

Toen het gevecht algemeen werd, nodigde Harry, die niet stil wilde blijven zitten, zijn partner uit:

"Zullen we naar beneden gaan? Ik denk dat we aan de achterkant heel nuttig kunnen zijn.

"Wat dan ook, om deze beproeving te beëindigen", brulde de cowboy, vooral gek van de dorst.

Harry was de eerste die de afdaling probeerde. Hij leunde voorover en keek naar beneden zonder iemand te zien. Toen begon hij voorzichtig af te dalen.

En toen hij midden op de helling stond, trilde er een ontploffing van een rots. Harry voelde het gloeiende kooltje van de kogel langs zijn zij strijken en hij bulderde van de pijn, maar snel vuurde hij toen hij ontdekte dat een hoofd naar buiten stak om het effect van zijn schot op te vangen.

De smokkelaar werd getroffen door de kogel die zijn schedel was binnengedrongen en er werd niet meer op hen geschoten.

Harry bleef ongemakkelijk afdalen. De kogel was door zijn zij gescheurd en hij voelde de verschroeiende borstel terwijl hij bewoog, maar zo hard als staal was hij niet van plan om tot passiviteit te worden gedegradeerd.

Beiden bereikten de voet van de rots en Ruffus, die zich de toestand van zijn metgezel realiseerde, werd bang:

'Wat was dat, Harrie?

'Niets belangrijks, Ruffus. Een kras. Ga je gang, er is iets dringender te doen.

En terwijl hij de zakdoek op de wond onder zijn kleren aanbracht, spande hij zijn riem aan om hem te ondersteunen.

En moeizaam ging hij vooruit met zijn revolver in de hand, zichzelf leidend door het gebulder van de schoten om de plaats te naderen waar de smokkelaars de ingang naar de berg verdedigden.

Maar de tactiek van de Rangers en hun grotere aantal sloeg aan. Tymsons mannen waren, in hun poging om alle doorgang naar binnen af te sluiten, gedwongen te ver open te gaan, waardoor ze het contact verloren, en dit dwong hen om één tegen twee en soms tegen drie te vechten.

En zo waren sommige Rangers er gelukkig in geslaagd om, nadat ze het obstakel dat hen frontaal tegenstond, hadden geëlimineerd, door enkele scheuren te dringen, terwijl anderen nog steeds worstelden om door de rest van de verdediging te breken.

Al snel sloeg de paniek om. Er waren rangers in de bush. Ze hadden er twee van achteren opgejaagd en de anderen, zonder te weten wat ze moesten doen, trokken zich terug op zoek naar nieuwe posities. Ze hadden al enkele verliezen geleden en hun gevechtskracht nam af.

Harry en zijn partner liepen naar achteren. Ze maakten al snel contact met een terugtrekkende en sloegen hem neer voordat hij tijd had om te waken tegen het nieuwe gevaar en het hek gevaarlijk strakker werd voor bandieten.

Tymson, die dapper had gevochten als de dapperste van zijn mannen, realiseerde zich dat alles verloren was en besloot een gedurfde manoeuvre te proberen om indien mogelijk te ontsnappen.

Hij zocht zijn paard en door de pijnbomen, paden van rots, gooide hij het naar de voet van de berg op zoek naar de uitgang. Als hij erin slaagde het hek te doorbreken, zou hij gered zijn, en zo niet, zou hij daar niet gedwee opgesloten vallen.

Hij daalde een pad af in een halve cirkel, toen Harry, die de hoogte van enkele rotsen had bereikt om het landschap beter te omvatten, hem onder hem zag galopperen langs de rots op zoek naar ontsnapping en bang dat hij in zijn durf zou slagen, hij probeerde hem inhalen. schieten. Maar zijn revolver blokkeerde en in wanhoop moest hij de jacht opgeven.

Maar plotseling, in een brute reactie, rende hij naar de andere kant van het rotsblok en keek naar beneden. Tymson cirkelde om de klif en zou er spoedig onderdoor gaan.

En zonder aarzelen wachtte hij. Toen kromp hij ineen, sprong en viel bovenop de smokkelaar toen hij onder hem overstak.

Ze rolden allebei als een vreemde bal die van het paard viel. Het bange dier bleef alleen galopperen en de twee vijanden, in een dodelijke omhelzing, worstelden een moment op de steen van het smalle pad.

Maar Harry, die het voordeel had op de top te zijn gevallen, slaagde erin de bandiet bij de nek te grijpen en toen hij hem met zijn knieën probeerde af te schudden, duwde hij ze brutaal in zijn borst en veroorzaakte de pijn in zijn zij nog meer, hij schudde heftig zijn hoofd. krampachtige bewegingen en de schedel van de smokkelaar sloeg in een doffe, verbijsterende rol tegen de steen van het pad, totdat hij slap in de handen van de Jager lag.

Hij stond aarzelend op met troebel zicht, zijn slapen brandden en een enorm geluid in zijn hoofd, en stortte in als een pop toen Ruffus hem te hulp kwam.

Ondertussen was de strijd aan het afnemen. Meer dan de helft van de smokkelaars was gevallen, andere gewonden verdedigden zich woest en sommigen probeerden te ontsnappen in de kloven van het bos, achtervolgd door de Rangers die niet bereid waren om er maar één te laten vluchten.

Bob en Kapitein Walter waren gretig op zoek naar Harry, uit angst voor zijn leven, aangezien hij hem volgens Caro had achtergelaten bij iemand die hem hielp overgeleverd aan de genade van de bandieten.

Eindelijk kwam Bob, zoekend, het pad binnen waar Tymson en Harry net waren gevallen. Ruffus, naast hem, boog zich over de boswachter en probeerde hem te helpen, omdat zijn eerste indruk was te geloven dat hij dood was gevallen door een wond die hij tijdens het gevecht had opgelopen.

Toen de sergeant de groep aankeek, strekte hij zijn arm uit en bood hij de revolver aan, terwijl hij beval:

"Handen omhoog!

Ruffus gehoorzaamde snel en riep:

'Niet schieten, sergeant. Ik ben degene die Harry heeft geholpen de gevangene te redden en...

Bob liet zijn arm zakken, stapte voor de cowboy uit, stak zijn hand uit en zei:

'Ben jij degene die Harry heeft geholpen om degenen die mijn broer Caro wilden vermoorden in de afgrond te gooien?

"Zijn broer? Nou ja, ik ben het... Hij kan het bevestigen als hij bijkomt, en dat... dat is Tymson, de bemanningsleider. Harry betrapte hem door vanaf daar op hem te springen toen hij probeerde te ontsnappen op paard. Ik waarschuw je dat je gewond bent. We werden op het laatste moment neergeschoten toen we afdaalden uit de schuilplaats waar we verbleven sinds zijn broer hier ontsnapte.

Bob riep een ranger die naast hem aan het schieten was en tussen de drie tilden ze Harry's lichaam op om hem daar weg te krijgen. Ze kenden zijn zwaartekracht niet, maar alles moest voor hem worden gedaan.

Beetje bij beetje werd de strijd minder. Binnen klonken losse schoten; Het waren rangers die de laatste overlevenden achtervolgden en de rangers begonnen zich rond hun kapitein te verzamelen.

Het bericht verspreidde zich al snel dat Harry was gevonden en Walter haastte zich om hem te ontmoeten. Bob stelde hem voor aan de cowboy die zoveel had bijgedragen aan het succes van het bedrijf, en de dappere boswachter werd uit de bush gehaald en op het gras gezet om een spoedbehandeling te ondergaan.

Ondertussen riep de kapitein, die Ruffus naderde, uit:

'Je gaat me alles vertellen, maar voor nu wil ik weten wat er met de smokkelwaar is gebeurd.

'Volg mij en ik zal je brengen waar je bereid bent om hier weg te worden gehaald en naar Mexico te worden overgebracht. Het idee was om het door te geven als veevoer en het in het buurland te introduceren, niet via de rivier, maar via de New Mexico-kloof.

Hij nam ze mee naar het hol en liet hun de kapotte dozen zien en de zegens die op de wagens waren geladen.

'Heel ingenieus', zei de kapitein, 'en het is misschien niet de eerste keer dat wapens door deze procedure worden gehaald. Wat de smokkel betreft, zal het zeer curieus zijn om te onderzoeken hoe deze dozen uit de Intendancy-magazijnen zijn gekomen. Dat zullen de militaire autoriteiten te zijner tijd moeten uitzoeken.

Na te hebben geverifieerd dat de cache daar niet was achtergelaten, was de onmiddellijke taak om de heuvel te reinigen van neerslachtige elementen. Er waren een dozijn doden, verscheidene gewonden en twee gevangenen.

Twee Rangers hadden ook lichte verwondingen en werden door hun metgezellen behandeld zoals Harry was behandeld.

Terwijl deze operatie werd uitgevoerd, ondervroeg de kapitein Ruffus. Hij was geïntrigeerd door haar aanwezigheid daar en haar hulp aan Harry.

De cowboy vertelde hoe ze hem hadden bedrogen en hoe hij bevriend raakte met Harry, die uiteindelijk zijn status als ranger onthulde en beloofde hem te helpen voorkomen dat hij als smokkelaars werd behandeld. Hij had zijn best gedaan en dankzij dit had Caro zichzelf kunnen redden en hen waarschuwen zodat ze op tijd zouden zijn om hen te redden van de belegering en in staat te zijn in te grijpen in de cache.

De kapitein zei, na het verhaal te hebben gehoord:

"Heel goede jongen, je hebt je netjes en moedig gedragen en verdient een beloning. Zou je interesse hebben om lid te worden van mijn divisie?

"Hoe? Ik boswachter?

"Als je interesse hebt, word je vanaf nu toegelaten. Je hebt genoeg verdiend voor je inkomen.

"O, natuurlijk doe ik dat! Ik had geen werk, en ik vind het vooral leuk om zulke dappere en vastberaden mannen aan mijn zijde te hebben als Harry en de broer van de sergeant.

"Nou, niets meer, Ruffus. Vanaf dit moment ben je een meer in het Lichaam.

De nacht viel op hen en ze moesten kamperen in het hol van de smokkelaars, waar ze alles vonden wat ze nodig hadden om in hun levensonderhoud te voorzien, want ze waren goed gevuld.

Ruffus sliep als een slaapmuis en nam wraak voor de eerdere waakzaamheid en de volgende ochtend was alles georganiseerd om de heuvel van lijken schoon te maken en de smokkelwaar daar te verwijderen.

Toen het vol was, werd het verplaatst naar de wei. De gewonden werden ondergebracht in een bed van zegens en dekens en de doden en gevangenen werden ondergebracht in een kar voor vervoer naar El Paso.

En de enorme karavaan begon te bewegen.

* * *

Toen ze El Paso bereikten, keek Caro, die was bekomen van haar uitputting, uit naar de terugkeer van haar metgezellen. Hij vreesde voor het leven van de twee dappere mannen die zoveel hadden geriskeerd om hem te redden.

Toen hij hen eindelijk zag aankomen, rende hij zijn broer tegemoet en vroeg gretig:

"Bob en Harry?

'Maak je geen zorgen, het komt in een wagen. Ze sloegen hem aan de zijkant, maar het is niets ernstigs.

'En die andere, die hem hielp?

"Hij gaat ook met ons mee. De kapitein heeft je toegelaten tot het korps.

"Ik ben blij; hij is een dappere man geweest. Wat gaan we nu met Harry doen?

'Nou, genees hem, wat gaan we doen?

'Bob, we moeten hem naar huis brengen. Ik zou daar beter verzorgd worden en moeder en Cynthia willen je zien om je te bedanken voor wat je voor mij hebt gedaan.

'Heel goed, Caro. Ik zal de kapitein voorstellen.

* * *

Harry werd overgebracht naar de hut waar een bed voor hem klaar stond en waar de dokter hem ging behandelen en Cynthia haar uiterste best deed om voor hem te zorgen.

De gewonde man was twee dagen onder de gevolgen van koorts, totdat het begon af te nemen en de dappere boswachter de realiteit realiseerde.

Hij was overweldigd toen Caro's moeder en jonge Cynthia heftig hun waardering uitten voor zijn heldhaftigheid bij het redden van

Caro's leven. Hij verontschuldigde zich door te zeggen dat het allemaal het werk van zijn taak was geweest en dat het er niet toe deed.

Hij was erg blij toen ze hem vertelden dat de bende was uitgeroeid en dat Ruffus nog een ranger in het korps werd.

"Ik ben blij" riep hij uit ", hij heeft het meer dan verdiend.

Drie dagen lang zag hij geen van de Reggs, maar hij miste ze niet. Het aangename gezelschap van Cynthia was genoeg voor hem, die hem lastigviel met vragen en niets anders deed dan haar om details van zijn hele odyssee vragen.

Op de derde dag was hij verrast de kapitein, Bob en Caro te zien aankomen. Deze paste niet in het uniform op wiens mouw hij de capestrepen droeg.

Harry, die hen zag, glimlachte en zei:

"Gefeliciteerd, Caro. Je hebt het verdiend.

En de kapitein kwam tussenbeide en zei:

'Inderdaad, sergeant Harry, u hebt het verdiend. Ik kom u persoonlijk informeren dat u in de orde van de dag bent geprezen en dat de chef van de divisie heeft besloten uw rang in het leger in het korps te erkennen. Vanaf dit moment ben jij de sergeant van de rangers. Harry Parker.

Dank u, mijn kapitein. Ik was vastbesloten om mijn best te doen om het te verdienen en ik ben er trots op dat ik het heb bereikt, omdat ik altijd geloofde dat ik als boswachter was geboren. Ik wens niet langer dat ik nieuwe kansen krijg om mijn promotie te steunen en nuttig te zijn voor het korps voor zover mijn kracht reikt.

'Heel goed, sergeant Harry. Nu om te herstellen en als de dokter hem ontslaat, krijgt hij vijftien dagen verlof voor zijn herstel. De dag was erg zwaar en hij verdient die rust.

Ik zie dat je hier als een kind in de watten wordt gelegd en dat vier ik, want je hebt tenslotte bijgedragen aan het in stand houden van het geluk van dit goede gezin. Laat de reeks doorgaan.

En hij zei het met een glimlach en een expressieve knipoog, waardoor Cynthia bloosde en de gewonde man nogal van streek maakte. Vanaf dat moment begon Harry snel te herstellen en stond al snel op uit zijn bed en bracht de uren door in de zon aan de deur van de hut, vergezeld door Cynthia, die zich door de aanwezigheid van een enorme dynamiek bezat. de boswachter.

Op een dag zei Harry bedroefd:

'Cynthia, het spijt me je te moeten vertellen dat ik hersteld ben en dat ik me binnenkort weer bij de Divisie moet voegen.

'En je hebt er spijt van dat je hersteld bent?

"Ja, want nu zal ik gedwongen worden om hier weg te gaan en haar niet constant aan mijn zijde te hebben.

'Maar je kunt komen als je beroep het toelaat.

"Ja, natuurlijk, dat zou ik heel graag willen.

"Houdt iemand je tegen?

"Nee, natuurlijk, maar ik zou graag iets anders willen.

"Het feit dat?

'Dat u mij machtigt om te komen als meer dan een patiënt en een vriend.

"Hoe dan?

'Heb je me niet begrepen? Ik mag je heel graag, Cynthia, en ik ben ervan overtuigd dat mijn geluk compleet zal zijn als ik me bij mijn promotie aansluit in de hoop dat ik op een dag kan streven om lid van de familie te worden. Als het lot ons spiritueel samenbracht, in een hechte band van kameraadschap en avontuur, zou het dan te veel zijn om die band na te streven die ons nauwer zou binden? Ik weet niet of ik enige verdienste heb om ernaar te streven en ik zou willen dat het me zou teleurstellen of me enige hoop zou geven. Als het me zou lukken, zou ik mezelf als de gelukkigste man op aarde beschouwen.

En Cynthia boog haar hoofd en mompelde:

'Harry, je verdient dat en meer. Het heeft het leven van mijn broer gered en we zijn er erg blij mee; Waarom zou ik geluk niet met geluk teruggeven als ik er tegelijkertijd ook naar kan streven de gelukkigste van alle vrouwen te zijn?

Harry pakte haar hand en schudde die met emotie en stilte. Hij voelde zich zo gelukkig dat hij geen woorden kon vinden om zijn geluk uit te drukken.

EINDE